U0553992

库切文集

Dusklands

幽暗之地

〔南非〕
J.M. 库切
J.M. Coetzee

著

郑云 译

人民文学出版社

J. M. Coetzee
DUSKLANDS
Copyright © J. M. Coetzee, 1974, 1982
By arrangement with
Peter Lampack Agency, Inc.
350 Fifth Avenue, Suite 5300
New York, NY 10118 USA
All rights are reserved by the proprietor throughout the world.

图书在版编目（CIP）数据

幽暗之地/（南非）J. M. 库切著；郑云译. —北京：人民文学出版社, 2019
（库切文集）
ISBN 978-7-02-014604-8

Ⅰ.①幽⋯ Ⅱ.①J⋯②郑⋯ Ⅲ.①长篇小说—南非共和国—现代 Ⅳ.①I478.45

中国版本图书馆 CIP 数据核字（2018）第 224204 号

责任编辑　马　博
装帧设计　陶　雷
责任印制　徐　冉

出版发行　人民文学出版社
社　　址　北京市朝内大街 166 号
邮政编码　100705
网　　址　http://www.rw-cn.com

印　　刷　三河市中晟雅豪印务有限公司
经　　销　全国新华书店等

字　　数　113 千字
开　　本　850 毫米×1168 毫米　1/32
印　　张　5.75　插页 1
印　　数　1—8000
版　　次　2019 年 12 月北京第 1 版
印　　次　2019 年 12 月第 1 次印刷

书　　号　978-7-02-014604-8
定　　价　39.00 元

如有印装质量问题，请与本社图书销售中心调换。电话:010-65233595

目　录

中译本序

　　南非作家 J. M. 库切的第一部小说《幽暗之地》（1974）结构新奇，称得上是形式实验的"先锋"之作。它由《越南计划》和《雅各·库切之讲述》（以下分别简称《计划》和《讲述》）两个看起来不搭界的中篇小说组成，两个文本都采用第一人称叙述。《计划》的主人公尤金·唐恩是一位与库切同时代（甚至同岁）的美国大学教师，参与了设计越南战争升级计划，为此飘飘然，昏昏然。《讲述》名义上是南非荷兰裔殖民者（也称布尔人）雅各·库切作于 1760 年的自述，实际上系二十世纪中叶他的后人、一位主张种族隔离的南非国民党人士编著。两位主人公生活的时代和地域迥异，但是他们都有畸形发达的自我，都崇拜暴力手段，总能为自己奔腾而来的自私动机披上合理的外衣。库切像莎士比亚那样深入自己并不喜欢的角色，取他们的立场来讲述、编造故事。他们作恶，或通过别人作恶，但是不自知，因而也没有为折磨麦克白的强烈的罪恶意识所苦。尤金·唐恩认定"负罪感是一剂黑色的毒药"，"负疚自责是人头脑中无益的成分"，他的重大使命之一是要把反战的美国青年从自责的

1

深渊中解救出来。他最终精神崩溃了,在康复院自问谁该为他的过错负责。二百年前的雅各·库切倒是心理健康的楷模,他从来不会自寻烦恼。

一

也许,作者二十世纪六七十年代在英国、美国工作学习的经历决定了小说里战争和殖民主义的题材。

库切于1960年从南非开普敦大学毕业(主修数学,兼修英语文学)后到伦敦。那一年南非种族主义政权取缔了黑人政治组织非洲国民代表大会(即非国大),并制造了沙佩维尔惨案,国际舆论大哗。库切在英国生活了五年,主要在IBM公司担任计算机程序员工作,同时又利用业余时间写了一篇关于英国小说家福特的论文,获母校硕士学位。1965年,他获一笔奖学金,赴美国得克萨斯州大学奥斯丁分校攻读博士,三年后取得学位,受聘于纽约州立大学布法罗分校,1972年回开普敦大学教授英语文学。库切在美国居留期间遇到两件大事。首先是越南战争。以大学生为主体的反战示威游行给美国社会造成极大的冲击。在这过程中,他不是消极的旁观者。其次,奥斯丁的校图书馆藏有大量关于南非的珍贵史料,库切在馆中尘封的书堆里发现了自己的先祖雅各·库切于1760年11月在好望角总督府所作的证词(即《讲述》的附录),不由抚今思昔,从自己国家的种族歧视联想到家史和早期荷兰移民在南非的殖民统治。库切在布法罗教书的时候开始酝酿和写作《幽暗之地》,他要做的是把这两件大事置于同一个意识形态的框架下加以考察。

近朱者赤。库切的博士论文是爱尔兰作家萨缪尔·贝克特的早期小说研究。《幽暗之地》明显受到贝克特的影响。文本套文本、作者作为人物出现、高度自觉的叙事方式、对精神病人心理状态的兴趣、主谓短句的使用("我哼唱,我咆哮,我嘶嘶响,我怒号,我尖叫,我赞叹"),这些贝克特作品标牌式的特点也出现在《幽暗之地》。贝克特过于关心泛泛的"人类生存状况",而库切的作品中更多历史、社会和伦理的探索,从《幽暗之地》的书名就隐约可见《黑暗的中心》的影子。库切延续并深化了波兰裔英国作家康拉德有关种族和殖民问题的思考。他的小说创作成就,当在贝克特之上。

关于库切赴美前的生活,他在自传体小说《男孩》和《青春》中做了较细腻的回顾。越南战争全面爆发时他还在伦敦。《青春》里一个细节道出了他对越南战争的态度。一天,他在《卫报》上读到头条新闻《自杀炸弹袭击者在南越造成浩劫》,报道的内容是所谓的"越共"士兵潜入美军的波莱古空军基地,炸毁飞机二十四架,并引发燃油储存罐爆炸。库切写道:

> 自从他(指库切本人)来到英国,英国报纸和BBC就一直发表美国武功的文章,越共成千被杀,而美国兵毫发未伤。如果对美国有哪怕一个字的批评,也是以最温和的方式出现的。他几乎无法使自己去读有关战争的报道,它们太让他恶心了。现在越共作出了他们

不可否认的、英勇的回答。①

　　这次计划周密的偷袭发生在 1965 年 2 月 7 日。对在这次著名行动中的"自杀炸弹袭击者",库切是钦佩的。就在这一年 9 月,他到达美国。可以说,他对越南战争一直非常反感。② 但是,上引文字的锋芒却指向英国媒体。1961 年,也就是库切到英国的第二年,南非与英国的关系进一步恶化,不得不退出英联邦。我们不难想象一位生活在英国的南非年轻人此时会有怎样痛切的感受。为什么对南非种族主义政权大加抨击的英国报刊就能容忍在越南发生的一切?《幽暗之地》将两者并列,要强调的就是种族隔离政策以及随之产生的对黑人民权运动的镇压与越南战争同根同源,乃是一对孪生兄弟。

　　越南战争在约翰逊主政期间全面升级,尼克松当选后通过时断时续的巴黎和谈考虑如何体面撤军。1973 年 8 月,美国国会迫于国内外巨大压力通过法案,禁止政府在印度支那进一步采取军事行动,翌年美国大幅度削减对南越政权的军援。可以说,在小说的创作出版过程中,越南战争的走向已趋明朗,以北越主导的越南统一恐怕只是一个时间问题了。在这样的背景下,唐恩依旧沉溺于战争狂想,可见他是有意回避现实了。

　　在唐恩执笔的《计划》里,美国智库的可行性报告、政

---

① 《青春》,王家湘译,浙江文艺出版社,2006 年,第 162 页。
② 这也给他带来麻烦。他在 1984 年发表于《纽约时报》的一篇文章里回忆道,他在奥斯丁的时候,有个美国人责问他说:"你这么不喜欢越南战争,为什么还不回国?"

策建议和精神病患者的内心独白纠结在一起。唐恩是某大学肯尼迪学院（哈佛大学有同名学院）的学者，"神话艺术小组"的成员，他潜心研究的是神话如何在人类社会中起作用，各种象征性符号如何互相转换。要聘请专家筹划高效的宣传攻势，该小组成员确实是最理想的人选。战场上形势已经不妙，唐恩对战争的热情依然不减，为追求所谓自由事业的最终胜利，他建议军方继续在越南使用已引起公愤的橙剂（脱叶剂，主要成分为二噁英）①和旨在改变土壤硅酸盐结构的化学物质PROP-12。在生活和工作中他只挂念自己的前途，透过卸责，极少考虑他人的感受。战争在家庭里也播下不睦。妻子玛莉莲觉察到战争唤醒了他心灵深处的兽性，只有等战争结束，他才可能重拾人性；而他则断言，玛莉莲的抱怨起于她对越南计划的嫉妒，只有他才了解玛莉莲和她的朋友们（也许都是对战争抱有怀疑的人），他们不了解他。唐恩是自己心目中真正的爱国义士，他苛责那些"美国梦已经幻灭的人"，并用英国维多利亚时期诗人韩利（一译亨雷）《永不屈服》（"Invictus"，也可译为"不可战胜"）中的诗句激励自己："我是自己命运的主宰；我是自己灵魂的舵手。"诗中的"我"本来指十九世纪末的大英帝国，在《计划》里，它既指唐恩本人，也指二十世纪的超级帝国美国。

唐恩与人（尤其是他的上司库切）交往时紧张多疑，目光游移，举手投足都极不自在。这些身体语言再加上他对

---

① 至今越南无数的橙剂受害人仍未得到美国政府的合理赔偿。

战争的狂热或许表明他曾受心理伤害。果然，读者在《计划》结尾处得知，唐恩大约出生于 1940 年，年幼时父亲当兵在外，母亲的形象给他带来的只有可怖的联想（"在夜色下展开她吸血鬼的翅膀"）。显然，他的心理防卫机制已把他不幸的记忆压制到潜意识的深处。（这恐怕有点俗套，美国大片里的系列杀人犯都会有类似的儿时经历。）现在他要仰仗 B-52 轰炸机携重磅炸弹和化学武器去"攻击大地母亲"，在非我族类的家园上演一出他个人的复仇剧。

二

《幽暗之地》出版时并未得到"一鸣惊人"的待遇。诺贝尔奖评委会在 2003 年的授奖词里给予它很高的评价：

> 《幽暗之地》初次展露了善于移情的艺术才能，这种才能使他一再深入到异质文化中间，一再进入那些令人憎厌的人物的内心深处。小说描写越南战争期间一个为美国政府服务的人物，挖空心思要发明一套攻无不克的心理战系统，与此同时他个人生活却糟糕透顶。此人的奇思异想与一份十八世纪布尔人在非洲腹地的探险报告并列而述，展示了两种不同的遁世方式。一者是智力的夸张和心理上的妄自尊大，另者充满活力，是富于蛮荒气息的生命进程，两者互为映照。

（文敏　译）

授奖词还说到库切作品里典型的主人公在遭受打击后总能

奇迹般地获得重新站起来的力量,这两位"令人憎厌的人物"当然不在那些主人公之列。

两人确实在"遁世"。既然唐恩在草拟事关越南未来的报告,他应去实地调查一番,但是他却拒斥现实世界中的越南,无意前往。无线电新闻广播里不断报道战争死伤人数,他因而讨厌那种"统计学家低沉的、不容辩驳的嗓音",仿佛那是故意与他作对。可以说,唐恩躲在"杜鲁门图书馆"①里逃避现实,而那位雅各·库切则是在逃避文明和政府的任何形式的约束,走向荒野,用他无穷无尽的精力、强健的体魄和十八世纪的欧洲毛瑟枪应对一切挑战。前者是所谓的"思想者",后者是活蹦乱跳、停也停不下来的"行动者"。但是,《幽暗之地》的前后两部分还是暗中相通、前后呼应的,作者为此小心做了铺垫。

在知识领域,唐恩有极强的开拓意识。他表示,一旦他和同事们正在研究的神话艺术成形后,他就要改换课题,进入新的领域。他下面这一席话连接了本书的两个文本:"假如我生活在二百年前,我肯定会去探索一块大陆,去勘测、去开发、去殖民。在那令人头晕目眩的自在状态中,我可能会发挥我真正的潜能。"我们可以这样理解,小说后半部的主人公雅各·库切实际上是唐恩的另一个自我。二百年前,唐恩也会坐着牛车,带着帮工和用人,向蛮荒之地进发。不过他征服的土地不在南非,而在北美;他的敌人不是

---

① 杜鲁门当政时提出要防止所谓的"多米诺效应"。正是在这骨牌理论的支配下艾森豪威尔和肯尼迪步入越南的泥沼。

布须曼人和霍屯督人，而是印第安人。

我们再来看看"思想者"和"行动者"的相似之处。

首先，两人都是极端自我中心，自视极高。唐恩自比"初生牛犊"，不满足于正常但缓慢的升迁，只盼早早替代项目负责人库切。他写到得意处甚至说自己是"生气勃勃的勤奋的天才"和"对战争科学做出显著贡献的军事专家"。雅各·库切则自命为"蛮荒的摧毁之神""万物之主"。这两种称号透出不可一世的气势，它们也是唐恩要假美国空军之力实现的终极目标。

唐恩本人并不摆弄枪支，但是他相信武器是自己与外部世界的中介，因而依赖武器，崇拜武器。他写道："我们随身携带着武器、枪炮及其隐喻，这是我们所知的在我们和我们的目标之间唯一的联结。"所谓的"隐喻"指的是他在《计划》里反映的一系列恐怖统治的手段，从随意的暗杀到监狱的酷刑以及一整套代表了绝对权威的宣传话语。雅各·库切不善哲学遐思，但是在下面这段文字里他捡起了唐恩关于武器的话题：

> 枪代表了你自身以外的借以生存的希冀，枪是此
> 次征程中抵御孤立无援的终极防身之物，枪是我们与
> 外界之间的调停人，因之是我们的救星。枪支所传递
> 的信息是，外面的世界不过如此，没什么可惧怕的。

雅各·库切携枪驰骋原野，所过之处，各种动物的尸体堆积如山。那杆枪是防身的，也是进攻的。要把荒野开辟为果园、农庄和牧场，首先要消灭荒野上无数生灵：

8

所有这一切都是我奉献给生命的另类的金字塔。
这是我一生的成就,是我不倦地在证明这些死者为异
类,因之其生命也是异类。

可见他已在推敲大规模猎杀的抽象意义。枪(或者说武器
及其隐喻)已不再是狩猎者手中的谋生工具,它升华为形
而上的需求,人类(当然不包括非洲部落居民)本质的延
伸,精神健全的保证。他对黑人随从说:"我怕的是如果没
有枪,我并非会毁于饥饿,而是会毁于精神上的病态,这种
病态甚至能使囚笼中的狒狒变得失禁。"为了验证自己的
存在,这种枪文化的"男人气概"需要用荒野上生灵的尸体
堆建起一座"另类的金字塔"。这些生灵既包括河马、犀牛
等各种动物,也包括那些"肤色较深一些、鼻梁低一些"(康
拉德语)的非洲黑人。它们都是异类,其生命不是生命。

三

　　唐恩用狂轰滥炸捍卫自由,雅各·库切以枪支宣告文
明的到来。在有一点上后者似乎更善于自省。雅各·库切
带了五个霍屯督仆人来到纳马夸地区,牛车上那些用来物
物交换的廉价小玩意儿被当地好奇的居民截下了,他又生
起病来,只得住在营地听天由命。仆从整日跟自己的同胞
厮混,让他十分不快。雅各·库切在仆人克劳厄和当地一
位老妇的照料下渐渐康复,一天他走到溪流中央,脱下裤
子,发狠劲挤掉臀部一处痈疽的脓液。这时他感到几个少
年在旁边奚落他,不由大怒,把他们狠狠打了一顿,甚至咬

掉其中一个的耳朵,为此他受到部落的集体惩处。奇怪的是纳马夸的霍屯督人并没有一心要从心理、肉体上击垮他。雅各·库切自问:"他们为什么护理我? 他们为什么放了我? 他们为什么不杀了我? 他们对我的折磨为什么那么马虎甚至随意?"他注意到,他们给他留一条生路,并不是表示一种高贵的漠视或慈善的胸怀。他们不会预谋,也没有远大的目标,"生活只不过是一件件的事情而已",它们不相连贯。读者在雅各·库切的带领下认识了一种完全异质的文明①,本质上并不野蛮的文明。只见雅各·库切这样分析野蛮:

> 野蛮是一种生活方式,蔑视人的生命的价值,从别人的痛苦中得到感官的快乐。可是从他们对我的护理,有什么证据可以指向他们蔑视生命或以别人的痛苦为乐?

这段文字与生性残暴的雅各·库切不大相称,但对我们理解《幽暗之地》的主旨是非常有帮助的。雅各·库切由此断定纳马夸地区的居民并不野蛮,他自己见过比他们更野蛮的人。那么真正的野蛮人又是谁呢?② 也许受到潜意识

---

① 库切是描写异质文明的老手。《迈克尔·K 的生活和时代》中的主人公也透出一种异质的价值观,他是真正遗世独立的。《耻》讲述的是种族隔离政策被废除后在南非发生的故事。书里的黑人彼得鲁斯为获取更多的财产算计昔日的白人东家,他已在很大程度上被压迫者同化,凶残阴险,长于计谋,目标远大,因此不具异质。

② 库切在小说《等待野蛮人》中对此做了更深入的探讨。读者不难就"谁是真正的野蛮人"这一问题达成共识。书中的暴力场景是用来烘托主题,绝不是什么"商业噱头"。

的提示,他打断了自己的思绪,重新进入行动者的角色:"是时候了,该出发了。"

雅各·库切在自知的门前怯懦地止步,在蔑视生命之路上越走越远,并从别人的痛苦中得到更多感官上的快乐。他曾把黑色甲虫的腿一一拔掉,还使它身首异处,察看轻微的悸动如何掠过昆虫的躯体。黑人的命运并不比这黑色甲虫好多少。雅各·库切在回家路上甜滋滋地品味复仇的快感。他要召集一支探险队回到纳马夸地区,"我一直在想象着这充斥着报复与死亡的一天。在这一天,我犹如风暴云般回来,在世上这一小块地方密布我的正义之云。"在他即将到家前,他见到了人烟,一些温驯的牛见他大步走来就散开让路,此刻他说,"我的身心便仿佛注入了新的生命",只见他无端刺杀一头离群的牛,还拔箭射中牧羊人的臀部。他为自己举行的回家仪式是"整整一天的嗜血和混乱"。他暗示,那天的成果中有一些不幸的布须曼人的头颅。在为杀戮的杀戮中他寻回了他所理解的人性的尊严。读者最难忘记的场景是他见到自家厨房里温暖灯火的那一幕。他第一个反应居然是杀生的动机:"犹如上帝一阵旋风降临一般,我扑向一只羊,割开了它的喉咙。"

雅各·库切回到殖民点后半年多,又参加了亨德里克·霍普上尉率领的远征。远征队嘚嘚的马蹄声敲碎了他上次造访过的纳马夸地区的平静。清晨,一个漂亮的女孩头顶水罐到营地边的小溪取水,她突然意识到来者不善,善者不来,转身就逃。"一声枪响……击中了她肩胛骨之间,就像马匹猛踢,把她击倒在地。"雅各·库切由衷赞叹道:

"美丽的死亡。"他上次离开时,五个仆人中有四个留在营地。他即将对这几个"叛逆者"施暴,"心里像海上漂浮着的瓶子那样,有一种晃晃悠悠的愉悦感"。这次他们被他一一羞辱,并处以死刑,处死前故意拖沓的场面极其残忍,纯粹是"从别人的痛苦中得到感官的快乐"。对种种暴行,雅各·库切有着现成的解释:他不比别人更嗜血,他只是历史长河中上帝手中的工具而已,"上帝的判决就是正义,高深莫测,无可指责。上帝的仁慈并不关乎美德。"

四

在分析霍屯督人生活方式时,雅各·库切承认,他们并不真正野蛮,他还加了一句旁白:"霍屯督人根本不懂得如何突破一个人,那要蓝眼睛的盎格鲁-撒克逊人才能做到。"这里"突破一个人"指的是彻底击溃一个人的心理防线,不给他留下一丝半点的自尊。事实上生活在1760年的布尔人还不知道盎格鲁-撒克逊人的厉害,这句话犯了典型的"时代错误"。读者知道,库切特为交代《讲述》是二十世纪中叶由雅各·库切的后人编撰的,看来南非战争(也称布尔战争,1899至1902年)期间英国军队残害布尔人的行径造成编撰者心头永久的伤痛,他已顾不上历史的真实了。同时这句话有意识地呼应小说的前半部分,使读者回想起《计划》里盎格鲁-撒克逊人用心理战和酷刑击垮"越共"的本领。野蛮的本质与这种"突破一个人"的愿望和能力其实是同一回事。

12

唐恩从小就是书呆子,没本事像雅各·库切那样持刀宰杀牛羊,但是他也偷嗜残忍。设想种种制伏越共的办法就是替代性地过一过施暴的瘾。为了"突破一个人",摧毁敌方精神维系的能力,他力主实施"CT 行动"。那是一种任意的恐怖统治:"一个随时随地、任意挑选惩罚对象的拘留营头子,只要能在表面上维持这种选择性,就可以一直成功地瓦解集体的士气。"唐恩通过编写国家恐怖主义的计划舒缓情绪,发泄不满。那些文字对他有着奇怪的疗效,用他自己的话来形容,它们"在编织着我的保护伞"。他坐在固若金汤的杜鲁门图书馆地下室看书写作,"体验到一种朦胧的幸福,一种极乐的、心智的愉悦"。

　　小说里有一些描写变态心理的章节。唐恩在公文包里放了一些美国军方提供的照片,内容血腥残忍。他情绪低落的时候就会把照片取出来观赏一番,据说是给自己衰竭的想象力"增添些许电脉冲"。在不少地方《幽暗之地》是一部非常"身体"的小说,例如唐恩承认那些照片给他带来强烈反应:"我颤抖着,流着汗,我的心剧烈地跳动着,血液翻腾。"唐恩的"感官的快乐"恰恰指向雅各·库切后来试图界说的野蛮的本质。

　　《计划》里那几页描写施虐照片的文字今天读来有惊人的前瞻性。在照片中,美国特种部队士兵拎着割下来的越南人的头颅,当作战利品在炫耀;哭泣的越南妇女在认领被美军打死的家人的遗体。唐恩的脑际冒出一个新的镜头:一位越南母亲把她儿子的头放进麻袋拎走,就像超市购物,想到这里他"咯咯地笑了"。还有几张照片是美军虐囚的实录："赤色分子"被关在笼子里示众,眼色茫然;有的囚徒经酷刑后依然不招,然后被施加药剂,神志不清,"握住审讯者的手……像孩子一样敞开心扉"。《幽暗之地》里出现的这些虐囚照片我们都曾见过。三年前巴格达郊区阿布格莱布监狱里伊拉克囚犯所受的羞辱与酷刑被曝光。美军摧残战俘身心的手段扭曲怪异,目标只有一个,即雅各·库切所说的"突破一个人"。2007年6月17日《纽约客》披露,只有七名低级别宪兵因虐囚被判有罪,他们身后的高级指挥官可能涉嫌刑讯逼供。但是,虐囚现象如此普遍,有这么多美军士兵把传阅这些照片当作消遣,这表明最终责任人并不是一两个高官或国防部长,而是一种从来不明说的意识形态——另类的生命不是生命,不值得敬重。正是在这种意识形态的支配下,雅各·库切可以随意屠戮非洲原住民;尤金·唐恩可以提议美军把一个越南村庄定名为"武装要塞",合理消灭;五角大楼可以利用假情报向国际社会施压,制造新的越南惨剧和"另类的金字塔"。唐恩的变态在相当一部分人中也是常态。

尤金·唐恩想入非非地要对越南人集体施暴,但是他却相信美国出兵越南是出于爱心。在小说里,他和儿子马丁的关系成了美国与越南的关系的翻版。唐恩怀疑妻子有外遇,背着她带马丁住进一家汽车旅馆。妻子和警察闻讯赶来后他拒绝配合,警察只得破门而入。此时他顺手操起床头柜上的水果刀,指向马丁,仿佛他已把自己的儿子劫为人质。警察命令他把刀放下,他反而刺伤怀里的马丁。"那孩子踢着小脚,挥舞着双手,发出长长的、单调的、冷冰冰的声音。"这三个形容词好像是在抱怨马丁的惨叫。行凶者的潜台词反而是：我出于一片好心，你为什么还要挣扎抗拒？在这种时候唐恩还有闲工夫回味刀尖刺入皮肤刹那间他手上的感觉。"起初，它对抗着垂直的反压力，即便是孩子的皮肤，然后，'噗'的一声。我甚至从我的手听见了这'噗'的一声，就像在宁静的乡下，人们可以从脚底'听见'远方火车头的声音一样。"他不正是在形容"感官的快乐"吗？库切以马丁比越南，用意十分明显。用伤害（或战争）来表示爱意，这是何等荒唐的行为。唐恩是精神失常了，那些头脑清醒的战争设计师难道不也是同样地盲目、残暴和疯狂吗？拯救越南，需要死多少越南人？拯救伊拉克，需要死多少伊拉克人？也许"拯救""爱"之类空洞的概念是假，武器及其隐喻的迷人召唤才是真。

五

从《讲述》首页的排印上我们得知，这本书是 S. J. 库切编著、J. M. 库切翻译的。短短的译序告诉读者，《讲述》由译者父亲 S. J. 库切撰写，1951 年出版时还有作者写的序言。S. J. 库切于 1934 年至 1948 年在史泰伦博斯大学教南非早期探险史，序言根据他的讲义写就。《讲述》用的是荷兰语，序言用的是南非荷兰语（Afrikaans，即阿非利堪斯语），译者将它们译成英语，并将原书序言改称后记，放在《讲述》之后。当然，《讲述》和《后记》的真正作者都是库切本人，所谓他父亲的著作权以及他自己的翻译都是小说家的虚妄之言。上世纪中叶很多南非白人如何看待早期殖民史？种族隔离政策从何而来？一个虚构的史泰伦博斯大学教授的视角能让读者对这些问题有所认识。我们先从南非的历史说起。

十七世纪是荷兰的"黄金时代"。1602年，荷兰东印度公司成立，与两年前成立的英国同名公司一样，它既是贸易实体，又是政权机构。公司在亚洲（主要是印度尼西亚）掠夺性的殖民贸易迅速给荷兰带来巨大财富。1652年，荷兰在南非好望角建立殖民点，专门用作公司商船的停泊站。殖民点逐渐扩张，殖民者的后裔慢慢发展形成一种由十七世纪荷兰语衍生而来的口语阿非利堪斯语（也称南非荷兰语），讲这语言的人被称为阿非利堪人或布尔人。当地的经济基本上以奴隶制为支撑。南非战争后，随着失败的阿非利堪人的民族情绪高涨，阿非利堪斯语的地位日益提升，在二十世纪上半叶正式成为书面语言并拥有自己的文学。S.J.库切用荷兰语写《讲述》，用阿非利堪斯语写序言，这些都与史实相符。

由于缺少必要的中央集权，荷兰（也称"联合省"）在十七世纪末走向衰落。英国出于对法战争的需要在1795年攻陷好望角，翌年曾来华为乾隆皇帝祝寿的马嘎尔尼勋爵被任命为好望角殖民地总督，但他不久就因病告退。英国正式建立范围更广的开普敦殖民地是在1806年，从此英国控制了从大西洋到印度洋的航线。比荷兰人晚到一个半世纪的殖民者身后有强大的综合国力，反奴隶制也是他们手中的利器。十九世纪三四十年代，布尔人大规模向东北迁徙（史称"The Great Trek"），南非共和国（后称德兰士瓦）和奥兰治自由邦相继成立。十九世纪下半叶，布尔人统治的地区发现极其丰富的矿脉和世上蕴藏量最大的金矿，英国当时是金本位货币体系，控制黄金生产对英国而言有重大战略意义。英国在南非的统治者如罗兹（牛津大学最著名的奖学金以他的名字命名）和米尔纳等人是十九世纪末标准的英帝国主义者，他们对两个布尔人的国家觊觎已久，一场恶斗难以避免。南非战争打得十分惨烈，集中营就是英国人在那次战争中不光彩的发明。布尔人战败受到羞辱，沦为自己家园里的二等公民。经过几年艰苦的协调，南非联邦于1910年成立，它在大英帝国的框架下享有与加拿大、澳大利亚和新西兰等国同等的"自治领"地位。从此布尔人在文化领域积蓄力量，展开攻势。如果说大力推广的阿非利堪斯语是这一攻势的先头部队，那么成立于1918年的史泰伦博斯大学（阿非利堪斯文化与学术的中心）就是这一攻势的发动机。第二次世界大战期间，使用阿非利堪斯语的国民党通过多种渠道扩大影响，在1948年击败使用英语的执政党南非党。半个世纪前布尔人无法用军事手段实现的目标现在用政治手段实现了。国民党当政后立即强制实行种族隔离政策，受到国际舆论抨击。1961年，南非被迫退出英联邦。（重新加入英联邦是在1994年，即废止种族隔离以后。）S. J. 库切在史泰伦博斯大学授课的时期不妨被视为种族隔离政策的酝酿准备阶段。为什么他1948年之后就不再讲南非早期探险史呢？很可能他像肯尼迪王朝时一些美国学界精英那样离开高校到新成立的政府担任要职去了。

六

《讲述》的出版带有明显的政治动机。不难发现,史料上的雅各·库切的证词与《讲述》和《后记》中相关的记述有很大的差异。可以说,《讲述》一书是虚构的 S. J. 库切根据有限的原始材料发挥想象写成的,它要为十八世纪开发南非的荷兰裔殖民者正名。诚如 S. J. 库切在《后记》中所言:

> 本书试图更加完整,因之也更客观公正地描述雅各·库切。这是一本虔敬的书,也是一本历史书:它怀着对先辈,对本民族的奠基人之一的崇敬,同时又以史实为依据,纠正了对英雄的歪曲。那种对先人的歪曲已渐次侵入到我们对那个伟大的探险时代的概念了,当时白人才刚刚开始与我们的内陆上的原有土著人有所接触。

S. J. 库切心里有着明显的批驳对象——英国人。

S. J. 库切曲学阿世,著述都有明确的政治目标。他首要的任务是揭露英国人的帝国殖民阴谋,驳斥英国人有关荷兰裔移民的诽谤性描述(如马嘎尔尼私人秘书约翰·巴鲁《南非腹地之游历》中的有关部分)。他指出,英国人到南非来播撒文明的种子只是为了扩张英国的利益。他用嘲讽的口吻写道:"野蛮人必须穿戴起来,遮蔽自己裸露的肌肤,因为曼彻斯特出口棉制衬裤。野蛮人必须用犁翻耕土地,因为伯明翰出口犁铧。"英国人的私利动机逃不过 S. J. 库切观察敏锐的眼睛,当他谈及荷兰裔殖民者与原住民的关系时,他犀利的目光再也烛照不了南非历史上那片幽暗之地。他坦承非洲部落在与白人以货易货的贸易中丧失了一切,沦为赤贫,而且还爱上了白人带来的美酒(就像北美的印第安人喝着朗姆酒沉沦),更是无可救药。S. J. 库切善解上帝的意旨。当地人堕落了,因为他们"不可能永远活在伊甸园中";这出戏的主导是上帝,荷属东印度公司只是扮了佩带利剑的天使的角色。使 S. J. 库切感到一点安慰的是非洲部落毕竟"向着世界公民的身份迈出了可悲的一步"。用"世界公民"称流离失所之人,这是何等文雅、巧妙。幸好白人的农场为这些衣食无着的土著提供了保护,农场上他们的土坯房不乏诗情画意:"从木柴炉中冉冉升起的炊烟,屋顶上的南瓜,光屁股的孩子们。"S. J. 库切一边美化这种奴隶式的依附关系,一边揭穿英国人的谎言,挑战他们的傲慢。他笔下的农场主是沉默寡言的劳动者,有着谦恭、勤勉和敬畏上帝等美德。

可惜的是读者难以在 S. J. 库切的先祖身上辨认出这些美德。雅各·库切在讲他北上冒险的故事前作了个开场白。作为有德的基督徒,他特别提到布须曼人对待牲畜如何残忍,因之要用其人待牲畜之道还治其身,"像猎杀豺狼一样捕猎布须曼人"。布须曼人到白人农场的泉眼饮水,被炸得血肉模糊;他们在定居点边界露脸,立即会被骑马巡逻的义勇队成员枪击。义勇队甚至还组织过一次又一次的远征,成年布须曼男子大多被杀,妇孺则被虏为奴隶。他说到幸存的布须曼妇女的命运时,语气令人震撼不已。那些女人眼见自己的男人"就像狗一般地被击毙",求告无门,只得向白人征服者奉献上"自由处置权":"这是断绝了一切念头的人所能提供的了,她已经心无所系,甚至已无对生命的眷恋之心了。"白人可以在她们身上蹭蹭,然后像"一块抹布"那样扔掉。一心要为荷兰先民挽回名誉的 S. J. 库切没有觉得这有什么大不了。

S. J. 库切在《后记》里强辩,白人的恐怖政策并非不分青红皂白,"义勇队的远征绝非是种族灭绝的,甚至一些布须曼的成年男性被俘获后也活了下来。"他的证据是德国语言学家布利克在十九世纪中叶找到过布须曼语言使用者,那是两位布须曼老人,他们戴着脚镣手铐在开普敦的防波堤上服苦役。S. J. 库切是天真烂漫的叙述者,丝毫不会意识到这例子的残酷性,他还以为那两位布须曼囚犯是慈善事业活的见证!

残忍的总是他者。S. J. 库切充满义愤地举证的布须曼人的劣迹之一是他们会割断牛的蹄筋,但是当他绘声绘色地描写雅各·库切猎象的场景时,他虚构了霍屯督仆人挥斧砍断受伤母象脚筋的情节,对他的能干勇敢很是欣赏。出于一种在当时的南非不必遮掩的种族主义,他在再现自己祖先的冒险时并不是一味避忌不光彩的行为。《讲述》里留下一些值得读者追问其意义的疏漏。雅各·库切在纳马夸地区病倒后,仆人克劳厄小心服侍他,他俩还一同踏上归程,但是克劳厄究竟结局如何,读者不得而知。也许是故事的编撰者 S.J.库切为如何安排克劳厄的命运犯难,也许是他像小说家那样为克劳厄设想了两种可能。他先是说克劳厄在过格雷特河时"走向他的死亡",后来又改口说克劳厄过河后生病了,不能赶路。雅各·库切把这位忠仆留在荒野,发誓绝不会抛弃他,自己过一周就骑马来救他。不过他回家后心心念念想的是如何对纳马夸营地居民(尤其是他那四个不肯归来的霍屯督仆人)实施报复,克劳厄再也没有出现在他的脑际,就这样永远消失了。可见 S.J.库切在编写《讲述》时仍没有意识到有必要在文本里交代克劳厄的生死或雅各·库切的歉疚,这些对他而言无关紧要。一个霍屯督人尽可以差来遣去,不管是在生活中还是小说里。有趣的是 S.J.库切在另一个场合想到了克劳厄。

以往布尔人给外部世界的印象是质野不驯,对人类的知识鲜有贡献①。欧洲探险家到南非来转一圈就回去写书,把动植物学上的许多发现归于自己名下。到了二十世纪上半叶,像 S.J.库切那样的民族主义者要重写历史,为自己的前辈恢复发现者的名誉。欧洲人有他们欧洲的分类法,为什么布尔人不能有自己独特的分类法?S.J.库切在《后记》里写道:"(雅各·库切)像上帝般穿越还不为人尽知的世界,辨别着事物并使它们闻于世人。"英国人布切尔在 1822 年的著作里描写了一种以前未见于记载的鸹,S.J.库切就此神经受到刺激。他非得像煞有介事地宣布,在雅

---

① 林琴南在《玑司刺虎记》(Jess)译序写道:"布耳人多不学,惟枪技精,以猎兽者猎人,发匪不中。"这本小说是英国作家哈葛德在南非战争后创作的,据林琴南说,"英人轻鄙布耳,作为是书。"

各·库切当年路过的地方有一只鸨的残骸,那是克劳厄打到的,这种鸨重达三十五磅,它使得雅各·库切一行免于饥饿。为显示言之有据,他还给出了残骸确切的经纬度。鸟是克劳厄打下来的,发现权当然归于"上帝"雅各·库切。这种蛮横滑稽的伪科学数度出现。例如他列举了卡米斯峡谷发现的"尿渍,茶的弃叶,跳羚的腿骨……牛皮绳,烟草灰,一颗毛瑟枪子弹",那语气仿佛在提示读者不要忘了他的田野考察做得如何认真。可是,何以见得这些杂物就是雅各·库切牛车队的遗存?类似的"科学"精神也在《计划》中偶露峥嵘。尤金·唐恩发明了一种计算轰炸成功概率的公式,它"客观公正",威风凛凛!

　　S. J.库切在撰写历史,他也在编造历史。信史不信,历史文本与小说文本原来如此相似。"重要之处是历史之哲学",这是《讲述》的卷首所引的福楼拜名言。通过《幽暗之地》,库切不仅对越南战争和他自己国家的种族歧视发出谴责之声,还生动揭示了意识形态对历史写作的复杂干预。这是一部聪明老练的小说,一部愤怒中夹杂了一丝无奈和绝望的小说。说它有点悲观,因为作者看到,在权力、欲望和激情的作用下,真理和自知之明时常会在我们好探寻又无法摆脱文饰的眼睛前面退却。

　　　　　　　　　　　　　　　　陆建德

越 南 计 划

当目睹影片上的战斗轰炸机飞行员们用凝固汽油弹成功地对越共①目标实施轮番轰炸后一脸的兴奋，那些欧美观众深感惊骇和憎恶。他们的这种反感很难不令人产生共鸣。不过，想指望美国政府手下的飞行员里头会有人被他们一手制造的灾祸震慑而执行不了任务，或者良心不安，甚至有负疚感，也是不切实际的。

——赫尔曼·卡恩②

我叫尤金·唐恩。我不得不那样。开始吧。

一

是库切让我修订我这篇文章的。它让他觉得如鲠在

---

① 越南共产党成立于 1930 年 2 月，时称印度支那共产党，后又称越南劳动党，首任书记为胡志明（Ho Chi Minh，1890—1969）。英语 Viet Cong 一词一般是指反击法国殖民者、美国扶植的南越吴庭艳政权以及美国军队的南越民族解放阵线及其游击队，系越南语 Viet Nam Cong San（越南共产）的音译。——译注

② 赫尔曼·卡恩（Herman Kahn，1922—1983），美国核问题专家。著有《热核战争》（1960），建立哈德逊学院（1961）。——译注

喉:他想让它文笔别那么冲,不然就干脆删了。他不想我碍手碍脚的,这我明白。我正在对付这个有权、友善,但是平庸而无远见的家伙。我怕他,但鄙视他的盲目无知。我应该有更好的待遇。可我现在是在这位主管大人的大拇指底下,在他面前,我的本能反应就是溜须奉承。我对我的上司总是俯首听命,而且自得其乐。如果当时预料到这篇越南计划会使我和一位上司产生冲突,我压根儿就不会开始写了。冲突引发不快,不快毒害存在。我受不了不自在,我要安宁、关照、有条理的工作。我就像只蛋,得躺在最毛茸茸的鸟窝里;在我那光秃秃、前途未卜的蛋壳尚未开裂,里头羞答答的神秘的小生命还没有探出头来之前,我需要最贴心的爱护,应该得到体谅。我是个思想家,而且颇有创意,在这个世界上绝非一文不值。在和有创意的人打交道上,库切应该是个老手,他本应更理解我的。许久以前库切自己也是蛮有创意的,可惜现在完了,只能靠像我这样有本事的人。他靠着别人的劳动,倒为自己树立了名声。他对越南一无所知,对生活一窍不通,现在居然成了"新生活计划"的负责人。我看我比他合适多了。

　　对明天的交锋,我有点担心。我不习惯和别人发生冲突。我第一个念头就是让步,拥抱我的对手并做出妥协,一心希望他会喜欢我。所幸我抑制住了这种冲动。婚姻生活教会了我,一切让步都是错误。只有相信自己,你的对手才会尊敬你。打个比方,就像紧紧掌握桨杆。自信之人比自疑之人更值得敬重。那些自我怀疑者缺乏核心。我正尽力给自己塑造一个内核,虽然开始得稍晚了些。

我一定振作起来。我对我的工作有信心。工作就是我的全部。一年来,越南计划始终是我生活的中心。我不想草草地半途而废。我有我的发言权。这次,我必须准备好坚持自己的意见。

我可不能低估了库切。

今天早上他把我叫进他的办公室,让我坐下。他胃口不错,是那种每天都吃牛排的人。他面带微笑在地板上踱来踱去,想着怎么开口,而我则在椅子上跟着左转右转,尽量把脸朝着他。我拒绝了他来杯咖啡的邀请。他是那种喜欢喝咖啡的人,而我则是静脉里面有点咖啡因就会开始激动,而且是欣快过头就会做出许诺的类型。

千万别说日后会懊悔的话。

我是挺直了肩膀、壮着胆子,两眼直视来见他的。也许库切知道我驼背,目光游移——我对我这双眼睛没办法——但我要暗示他,让他明白,今天我真的是大胆而坦率的。(青春期成长不顺,结果浑身一举一动都不自在。不过,没什么言行举止是学不好的。我满怀希望会有完美的将来。)

库切开口说话了。他恭维了我一圈,说得既含糊其词又不加掩饰,其实是在抹杀这一年的工作成果。我可不愿假装听不懂他话里一言一词的意思。

"我从没想到这个部门有一天会创造出具有先锋派风格的作品,"他说,"我的确该表扬你。我读了你写的前面几章。写得不错。一项研究能如此出色地完成，真让人高兴。

"当然这并不是说，"他继续讲着，"每个人都同意你的看法。你是在一个全新的、有争议的领域工作，必须对争论有思想准备。

"不过，我请你来不是讨论你报告里的具体内容。在报告里头——让我再说一遍——你说了一些十分重要的事情，那是和我们订合同的人需要认真思考对待的。

"我想要做的，其实是对你报告的陈述方式提些建议。之所以提这些建议，仅仅是因为我在草拟和指导一些国防部的项目方面有一定的经验。不过——如果我说错了敬请纠正——对你提建议还是头一次。"

他打算挤对我。他没有眼光，对激情或绝望都麻木不仁。强者只和强者对话。他那利落的红嘴唇后面还有话等着说呢。我一定是要被解雇了，而且是按照规章一贯的做法。只有我觉察到他的嘴和鼻子的某种微妙轮廓，我感到正在我血液里不安地搅腾的毒素随着汗味飘散开去，令他那金贵的感官厌恶。我愤怒地一瞪。我正用我闪电般的目光把这个不信魔力的家伙劈倒。如果我输了，就到那些性情温和的研究控制和自我控制的专家当中去，与他们为伍。我的眼睛释放出一串恳求和威胁的目光，这些信号如此迅捷，只有我和他明白。

"你和他们打过交道就知道，军方，作为一个阶层——坦率地说——一向反应磨蹭、疑神疑鬼而且行动保守。要让他们相信什么新玩意儿，可不轻松。然而你最后还是得要说服这些人,你的说法合情合理。记住,和他们讲什么深奥的大道理根本不顶事儿。同样,如果你用绝对化的、炫耀才智的态度去和他们打交道也不会成功。那可不是在咱们这儿,在肯尼迪学院内部辩论一下。我们理解斗智的惯例,可他们不:他们觉得进攻就是进攻,甚至认为是对他们全体的进攻。

"所以,我想要你做的,在咱们详细讨论别的事情之前,首先就得着手修改你报告内容的腔调。我要你重写你的提案,使得军方能接受而不丢面子。切记:如果你说他们对自己干的活计不在行(那很可能是事实),或者说他们不明白正在干什么(那的确如此),那么他们只会把你扔出窗外。不过,如果你不仅明确地,而且用奉承的文风反复强调你仅仅是一个有那么点专长的工作人员,一个不像当兵的那样全面通晓战争科学的半吊子学者,而且强调:尽管你的专长很有限,你对战略方面还是有点想法的——那么,你会发现你的意见还是有人听的。

"假如你还没有读过基德曼那本写中美洲的小书,你该去看看。那是我见过的用谦逊的口气说服人家的最好例子。

"还有一桩事情我希望你也考虑一下。我想你一定知道,你分析宣传部门的那些手段对大多数人来说是陌生的。这不仅是说你的工作,神话艺术小组的每个人都这样。就我而言,神话艺术很吸引人,而且前途光明。可是,难道你就不曾误会过你的读者吗?审阅你的文章时,我有一种奇怪的印象:那是为应付我而写给我看的。不过你会发现你真正的读者是一帮很难对付的家伙。因此,我建议你在引言部分用简单的词语来解释你沿用的方法——神话在人类社会中如何起作用,符号如何互相转换,等等。同时要多用实例,而且看在上帝的分上,别用脚注。"

我弯曲手指,在掌心攥紧。手指变得胀痛麻木。这会儿我一边书写,一边握紧左手的拳头。夏洛特·伍尔芙①管这叫沮丧的符号(见《手势心理学》)。可她错了:现在我不觉得抑郁,相反正在从事一项开创性的工作。不过夏洛特·伍尔芙论述手势的时候口气很权威,因此,当我的手指头痒痒的时候,我总是留心让它们活动活动,有事可做。比如,当我阅读的时候,我会有意地握拢、放开手指。当我和别人交谈时,我会特意放松双手,甚至让它们垂下来。

可是,我注意到,我的脚趾倒养成了向脚掌心蜷拢的习惯。我不清楚别人,比如库切,是否也注意到了。库切是那种留心征候的人。身为主管,他整整一个星期耐着性子听完了一场关于阐释手势语言的研讨会。

如果我解决了脚上的肢体语言,那么接着它又会挪动到哪儿去呢?

我同样也改不掉抚摩脸庞的习惯。夏洛特不喜欢这种老毛病,她说这表示焦虑。在重要场合下,我用意志努力控

---

① 夏洛特·伍尔芙(Charlotte Wolff, 1897—1986),德国著名手语学家。代表作为《手势心理学》(1945)。——译注

制自己,不让手指去碰脸部(我有时还挖鼻孔)。人们告诉我:我太紧张了。换言之,那都是些可以和我私下说话的人。不过说实在的,我紧张只是因为我的意志都集中到克制我身体各个部位的抽搐疼挛上了,如果疼挛这个词不算太夸张的话。我身体不听使唤,真让人头痛。有时候真希望能脱胎换骨。

成果被拒绝当然让人不快,被你敬佩的人退回就是双倍不快,如果你惯于谄媚则令人三倍地沮丧。我一直是个伶俐的孩子,一个乖巧的孩子,一个聪明的孩子。我吃那份我不爱吃的豆子,因为对健康有好处。我认真做功课。我勤于做事而从不多说。人人都夸奖我。只是到最近我才对过去犹豫。我具有了一种更高层次的感悟,尽管我并非完全没有准备,但感到那真是一种奇特的体会。我告诉自己,当一个人不再做乖学生,当他开始自闯天地的时候,他就得预计到,他的上司会感到受了背叛,而且怒火中烧地回击。库切对我的文章做出的狭隘的回应是我预料之中的。他的官僚地位受到一个崭露头角、前途无限的属下的威胁,他的下级不再满足于按照那条正道缓慢地往上攀升。他已经是不中用的老牛,而我是初生的牛犊。

不过,这个让人宽慰的念头丝毫没有让我觉得能忍受他对我的羞辱。他还控制着我。我需要他点头同意。我不想假装出他伤害不了我。我宁愿他喜欢我而非恨我。我心里是不情愿违抗他的。

我已经开始着手引言部分。每天早上我做富有创意的工作,下午则和我的专家同事们在哈里·S.杜鲁门①图书馆的地下室里度过。在那儿,埋头书堆之中,我时而体验到一种朦胧的幸福,一种极乐的、心智的愉悦(我们神话艺术小组成员的气质便是如此)。通过一架螺旋阶梯,和铺着战舰一样的灰色钢板、有回声的地道,就来到了这地下层(实际上是下层地下室,即图书馆往下延伸的一个楼层)。这儿藏有按杜威分类法分类,编号100—133的书籍。来此看书的读者并不多。为了排列紧凑,书架下都装有滑轨。在底层有四架安全监控摄像头,不过在侧廊的视线盲区,它们不起作用。在这些盲点,一位助手、一个我不知道姓名的女孩,和我的朋友,一名底层书库馆员打情骂俏,如果这个词是用来形容这个的话。我感到讨厌,并从我在书库的单人小隔间里表现出来,可那女孩满不在乎,哈里也一点没头脑。我不高兴并非是要煞风景搅了好事,而是因为她在耍弄哈里。哈里还是个小鬼头。他喜欢他的工作。我不想看到他惹上麻烦。每天早晚都有一辆没有标志的小面包车接送他往返图书馆。他自己是个没见过世面的处男,而且可能一辈子都是如此。他利用盲点来手淫。

我和哈里的关系是完全令人满意的。他喜欢书架整整齐齐,我从他的摇头里明白,他不喜欢有人取下图书。因此,当我从书架上取书时,我总是把绿色的流动借书卡片插在书里,并把书籍按次序在我小隔间的架子上排好,以免让

_____

① 杜鲁门(Harry S. Truman,1884—1972),民主党人,美国第33任总统(1945—1953)。——译注

8

哈里不高兴。于是我朝他微笑,他也报以露齿一笑。我想,如果他明白每天下午我在这儿忙活什么,一定也会表示赞赏。我忙着做摘录、核对引文、编制书单、记下要点。也许,看见我的钢笔写出整齐的字迹,我的书报排列得井井有条,我穿着白衬衫安静地埋头工作,哈里以他自己的方式明白,他可以放心地让我进他的书库。很抱歉,关于他,我只能写到这儿了。

不幸的是,我无法在图书馆继续有创意的工作了。我的创作冲动仅仅在一大清早发作一阵子。那时我的躯体还未睡醒,还产生不出反对我大脑萌发的念头的敌意。越南计划报告是我面向东方升起的旭日,怀着一份辛酸惆怅的心绪完成的。这是一种彻骨的痛苦,因为我扎根于西方的日落之处。不过这些情绪在报告中没有丝毫流露。当需要我履行职责时,我会全力以赴。

我在书库的隔间是灰色的,有个灰色的小书架和一个放文具的灰色小抽屉。我在肯尼迪学院的办公室也同样是灰色的。灰色的书桌加上荧光灯:典型的二十世纪五十年代的实用建筑主义。抱怨的念头已经浮现,只是我一直想不出一个不受到反击的办法。硬木器具只为主管们准备。我只好咧嘴笑笑,忍气吞声。我就像一条被击昏的、无力的深海鱼那样漂浮着;灰色的桌面、没有遮拦的绿色荧光渗入最灰暗的记忆深处,让我沉浸于爱与恨的思绪中。我的心灵仿佛感到,在数据处理设备闪烁的荧光下,我从二十三岁到二十四、二十五岁的时光已然油干灯尽了,就像回光返照一般。现在它只渴望挨到下午五点,好似有一种朦胧的、金苹果园①一样的企盼。

哈里·S.杜鲁门图书馆的电灯微弱地发出吱吱的杂音。现在是华氏七十二度。被一面面书墙包围着，我本应是置身天堂一般。但我的身体又背叛了我。读着读着，我的脸渐渐失去了生气，头开始刺痛。接着，当我打起精神应付一阵阵的哈欠，把睡眼惺忪的目光定在书页上时，我的背脊变得僵硬起来。从脊柱延伸开来的一股股肌肉好像用吸盘缠绕着我的脖子，绕过锁骨上方，穿过腋窝下部，再横过胸膛，卷须般一直蔓延到大腿和胳膊上。这只寄生的海星紧紧夹着我的全身，龇牙咧嘴地死去了。它的触角变得紧绷。我挺直腰板，听见后背好像有铁箍在嘎吱作响。而且在我的太阳穴、颧骨和嘴唇里，仿佛有冰川在缓缓滑向我眼睛的中枢。我感到眼珠疼痛，嘴巴梗塞。如果说我这张内在的脸、这副肌肉做的面具有什么特征的话，那么这些特征是极其丑陋的且不为人知的穴居人的。好像一个噩梦闯入，在梦中，他眼睛和嘴全缩成了一团。从头到脚，我成了身体反叛的目标。只有腹部的器官还悠然自在：肝脏、胰腺、肠胃，当然还有心脏，就像还未出生的八爪鱼，互相挤挤挨挨。

现在也该是提一提从我那钢铁般坚硬的脊柱末端挂下来，而且影响了我和玛莉莲可悲关系的那根软骨的长度的时候了。唉，可惜玛莉莲没能让我摆脱身体僵直的毛病。

---

① 金苹果园（Hesperides），指为天后赫拉看守金苹果的众仙女所在的园子，亦指其所在的西方极乐诸岛。——译注

尽管我们像《婚姻指南》里细心的伴侣那样倾听彼此的呢喃、呜咽和呻吟,尽管我像个男子汉那样勤奋地耕地,玛莉莲像个女英雄那样冒着泡沫,可事实上书上讲的那种极乐却没有降临。错不在我。我已尽力而为。然而,我不免怀疑我妻子和我是否同床异梦。我的精子还未抵达,她就打起哈欠,眼袋耷拉下来,害得我那遭罪的器官死死挺起根部,徒劳地在一个巨大的洞穴里抽动着头部,而这恰恰是它最渴望由着它的性子,被温柔地、牢牢地,而且绝对可信地咬住、晃动的时候。在这些时候,那个像闪电一般划过我还算清醒的意识天空的词就是"撤出":我的精液像尿液一样滴进玛莉莲生殖管道的阴沟里头。

玛莉莲(让我放任自己再多应付玛莉莲一会儿,虽然这对我没什么好处)对爱情持有一套定量量子理论:如果我对其他目标产生了兴趣,那么肯定是我移情别恋,偷偷地从她身上转移了精力。因此,她对我的越南计划工作变得越来越嫉妒,因为我越来越投入其中。她希望派给我乏味的差事,这样我就会去她那儿找点乐子。她觉得自己空荡荡的,想着法子要充实一点。而她的空虚已经到了这样的地步:她把每次进入她的动作都当作是对她的侵犯和占有。所以,她露出绝望的神情。(我对女人有一种直觉的理解,虽然我不同情她们。)我和玛莉莲的关系已经变成了一场持久的战斗。我想让头脑平静,就得经受她歇斯底里的攻击,以及和大脑对着干的身体的压力。我必须让头脑镇定下来,否则就干不了有创意的工作。我必须拥有安宁、爱情、养料和光照;那些让我的身体得到放松,而我的头脑依然疼痛的珍贵早晨时光可不能被玛莉莲和她孩子之间的哭哭啼啼、大吵大闹给浪费了。自打我宣称我的宁静不容侵犯，可怜的马丁就成了我的替罪羊、他妈的出气筒，整天被玛莉莲呼来喝去，一会儿要叫醒她，一会儿因为没吃早饭挨骂，一会儿又要给她梳头发，直到我脑子里爆发出一阵狂怒，就像中风的时候脑溢血使得视力模糊，我咆哮着要求他们闭嘴。于是一切到此为止：我身上的肌肉暴突起来，我那张原始的、刚毅的面孔切断了所有通往外部世界的渠道。我该整理好公文包，小心地绕过人行道上的狗屎，又走向无情的一天。

　　我把文件和照片随身放在一只老式的公文包里，这种包现在被埃森①的汽车工人用作盛午饭的提桶。假如我不带这一箩筐庞大笨重的东西，玛莉莲就会死盯着我的手稿，要追查我在搞什么名堂。玛莉莲是个心理反常的不幸女人。我不给她看任何东西，一是因为她在别人面前对我说三道四；二是因为据我看，自从思考越南计划以来，我的心思已经变了许多，而玛莉莲并不理解这一切。玛莉莲急于让我有份出人头地的工作，不过那只是为她自己着想。见我不走正规的宣传捷径而要独辟蹊径，她忧心忡忡。她是个墨守成规的人。她嫁给我，希望我和她一样循规蹈矩。可是我内心从来就不是个因循守旧的人。我一直在等待时机。玛莉莲最大的不安是害怕我把她从郊区带向荒野，拖累了她。她觉得每次我的偏离正道都会让我一事无成。这

――――――――――

　　① 埃森（Essen），位于鲁尔工业区，是德国重要的工业城市。――译注

12

是因为她对美国没有一个正确的认识。她不相信美国足以容纳下那些离经叛道之徒。当然,美国比我们所有人都强大:我承认,不等我有机会对库切发表我的见解——美国就会用它的洪流吞没我、吸收我、融化我。玛莉莲不必担忧:她总会有个落脚之处。不过,在真实的美国神话里,真正离经叛道的不是我,而是那个愤世嫉俗的库切,以及那帮美国梦已经幻灭的家伙。只有强者能经受历史的低谷而坚持走下去。库切可能挺得过二十世纪七十年代,不过像玛莉莲这样没有信仰核心的人是挺不过去的。

　　毫无疑问,玛莉莲原本是愿意信任我的。可是自从她认定越南计划正使我心理的天平倾斜时,她就不那么信任了。她觉得,我人性中的恻隐之心已经荡然无存,而我正痴迷于暴力和错乱的幻想。这些就是我在那几个伤感的夜晚知晓的:她伏在我肩头,哭泣着倾诉心声。我亲吻着她的额头,哼哼着安慰她。我劝她高兴些。我告诉她,她一定要相信我还是那个我,那个不变的、可爱的我。我轻言细语,她进入了梦乡。这种镇静剂很有好处,能带来一两天突然的拥抱、轻柔的动作、喷香的饭菜,以及知心的悄悄话。玛莉莲是个轻信别人的女人,却无人可信。她希望像她朋友所说,我心灵的兽性会随着战争和越南计划的终止而了结,希望回归文明会使我变得温顺,重拾我的人性。把我的境况解读为柔情小说让我发笑:我根本不信玛莉莲那些诡诈的法律顾问的指导,也许有一天,我甚至会扮演一个落魄而后又发迹的男孩的角色。我知道,有很多书已经开始大谈郊区的虐待狂和患有强制性昏厥的遁世者,这些人都有关于越南的隐秘。不过事实是我不像气鼓鼓的亨雷,我从来不发火:通常我在拂晓时分打量他们,不漏掉一个。同样,如果我要全身心地投入某一部小说,我也只会选择我自己创作的小说。我依然是我灵魂的舵手①。

　　玛莉莲和她的朋友们相信,凡是进入战争最深层体系的人都受到一种能彻底让他崩溃的恐惧的折磨。(我替玛莉莲和她的朋友们讲话,比她们自己表达得更清晰。这是因为我了解她们,就如她们不了解我一样。)在过去一年中,我的身体和别人的身体之间的关联已经发生了改变。这些改变的方式,我会在合适的时间和地点予以详细的列举描述。玛莉莲把这些变化和我现在不得不每天随身放在公文包里的二十四幅人体结构图联系起来。她相信我有个秘密,像得了癌症不肯告人一样的隐秘。她把这个隐秘加到我头上,为的是让她自己好受一点:因为相信隐秘的存在就是相信这条令人高兴的法则,即在记忆的迷宫里隐藏着对偶然的当下的解释。她拒绝相信我对此的否认,她的朋友们也是如此。她们弯起手指:就算这个秘密埋得再深,她们向她保证,也要把它挖出来。我让她们滚远点。假如玛莉莲不如此相信她们顽劣的刻毒流言,我也会把一切向她坦白的。我会对她说,根本没有什么秘密,一切都是公开的,任何人都能看见,除非他是瞎子。我会说,当你感到不想再吻我的时候,你就用手势打个招呼,告诉我,我是一块

————————

① 此句改写自英国诗人亨雷(William Ernest Henley,1849—1903)的著名诗歌《永不屈服》("Invictus",1875)。原诗最后一句为:"我是自己命运的主宰;我是自己灵魂的舵手。"

让你恶心的臭肉,吞不进嘴里。就我而言,当我用小小的电动头子在你肉体里面探头探脑的时候,我仅仅是用一种比让人失望的性具结合更为坦诚的方式进入我兴奋的中枢。(我这么做的时候,她泪水涟涟,但我知道她心中窃喜。人还不都一个样。)听着,你我之间没任何秘密。

然而一到白天,玛莉莲又不知悔改地要刨根问底了。每到星期三,她就安插一个怀孕的小黑妞在屋里,自己去圣迭戈①看病、买东西。我并不反对,乐呵呵地给钱。如果她回来的时候化身为一个笑吟吟的、纤腿勾魂的甜心美人,我才不在乎她走哪条路去哪儿呢。我受够了这个精神病患者。她不是头发蓬乱、叹息着在我家里爬来爬去,就是十指交叉、没日没夜地睡觉。我拿出钱,等着结果。然而,眼前每个星期三她都要痛苦地和她的内心冲突一番,这使她光彩殆尽:无言的泪水、红红的鼻子、粗糙的肉体,让我最雄壮的勃起都麻木了,只留下我戴着最暗淡的避孕套没劲地对着她一进一出。

可是我发现,星期三恰恰是我最想要玛莉莲的日子。我特意早早回家,把玛西娅打发走,在窗帘后面静静地等着玛莉莲的大众车。当她开门的时候,她老公早已准备出手替她拎大包小包以博得一笑,而她的笑眼里依然可见犀利的、猜疑的目光。玛莉莲最想要的是倒头就睡。可她却让我像一只猎獾一样摆弄着她的裙子。我是否有点嗅出她身上有一个陌生男人的味道?那些驱车去赴一天漫无目标的

---

① 圣迭戈(San Diego),美国加利福尼亚州西南部港口城市。

约会的郁闷少妇，通常会惹出点婚外情来。这种事情我见得多了。我好奇地想要知道真相，非常好奇。假如换个男的，他对这个精疲力竭的沮丧女人会有什么感觉？作为实验，我用一个陌生男人的目光注视着她。新的观察视角令人激动。毫无疑问，我的目光闪闪发亮。可玛莉莲身子乏了——她笑了笑，拒绝了我的爱抚——空气黏糊糊的，她得去淋一下浴。我付给玛西娅钱了吗？我是个明白事理又有耐心的人。我看着她冲凉，在喷头的水柱下，她的动作是腼腆的、青春的。

一个人会对任何东西上瘾。我痴迷于开车去很远的地方，越远越好，尽管那让我感到很累。我觉得咀嚼是一道很烦人的程序，但我依旧不停地吃。（我是个瘦子，你也许已经猜到了：我对所有的食物都消化不良，没充分吸收就排泄了出去。）我完全沉迷于我的婚姻不能自拔，而最终沉溺比爱情的纽带更加牢固可靠。如果玛莉莲和别人有一腿，那么她在我眼里就更有魅力了。因为，如果陌生人都对她赞不绝口，那她一定是摄人魂魄的女人，这样我就放心了。每个不忠的下午都在这个神经过敏的居家者身上汇成一座亲昵记忆的水库。而我，即便拿出最坚决和狂热的想象也无法分享他们的滋味。我已经暗暗发誓，终有一天要掘开堤坝，弄个水落石出。

玛莉莲枕着臂弯睡着了。我兴奋地躺在她身旁，她皮肤上散发出的最最微妙的味道也逃不出我敏感的神经。我进行着一场有趣的战斗，克制住想要说话的冲动（"告诉我，告诉我……"）。如果草率地说出口来，只会打破肉欲的魔咒。而恰恰常常是在星期三晚上，我才承认如果没有玛莉莲，我就无法再支撑下去。由此，想必我也开始明白爱是怎么一回事了。通常，当面对酣睡的动物的时候，我心里会涌起最纯情的温柔。低头凝视着睡梦正甜的孩子们，我会高兴得直抹泪。有时我在想，只要玛莉莲在行人事之时始终睡着，我也许会登上狂喜的巅峰。要做到那一点，办法自然不少。

可我不相信玛莉莲真的能从别的男的那儿寻到什么快活。从本质上说，她是个喜欢自慰的人。她需要机器在她孔洞的内壁做持续的摩擦运动，产生被征服的幻想，并最后从她那里挤出一丝呻吟和颤抖。如果她去和陌生人做，也仅仅是为了逃避独自吃饭的尴尬，或是为了延续聚会上的吃喝玩乐。在那儿，堕落的情侣和呆头呆脑的小子们碰碰手指尖，想重燃他们沉沦的激情。对玛莉莲来说，随意地做爱意味着手脚冰凉担惊受怕、老一套的前戏、指头伸进她干涸的肉垂、黑暗中的羞赧和施爱、熟悉的有失体面的感觉。仅仅一臂之隔，他们宁静地微笑着，激情已经平复。他们又留恋起自家的炉火，祈求别再见到对方。"你来高潮了吗？"——"没，不过感觉很好。"饮下了苦酒，就得忍受。

除了在永恒的记忆里，她对这些个冒险只字不提。她的日记滴水不漏，钱包里也是光明正大。她的负疚只能从她不经意的举止之间推断：仓促进门的姿态、假装全神贯注地做家务、对我坦诚的目光还以无辜的一瞥。当然，我并不为猜疑或嫉妒所折磨，也不为我可能冤枉了她有婚外情的想法所困扰。我们每个人多少都是有罪的，比起原罪的罪孽来，对感情无意的伤害微不足道。我了解我妻子，对她变成现在这个样子也有不少责任。如果非要我指出证据，表明我的怀疑并不过分，我会指向衣橱最上一层的那个黑色皮制公文包。它最里头的夹层里以前只有一张我的照片。我长着一双清澈明亮的褐色眼睛和一张丰满、颤抖的嘴巴，这些对所有研究教派的专家都是很常见的。可就在上个二月份，那里头冒出来一张玛莉莲本人的裸照。她斜靠在一张黑色缎面的花花公子床单上，盘着腿（剃刀的痕迹很明显），她阴毛毕现，颈部和双肩被一个业余摄影师聚焦定格下来。我觉得局促不安，不仅因为她品行端正，也因为那个拍照的恶劣手法。"救救我！"照片尖叫着。一个呆板的女孩被一只冷冰冰的眼睛在一个刻板的时刻定格。和那些知名时装模特千篇一律的模仿比起来，这个真的不错。我从《时尚》杂志这一页里回过神来，两腿发软，直打哆嗦。

我随身在公文包里带着的照片是越南计划报告的一部分。有几张会被编入报告的最终文本。在那些个情绪低落又无事可做的早上，我总有个挥之不去的念头：一旦把包裹打开，取出这些照片，我可以依赖它们给我的想象力增添些许电脉冲，而我的想象力所需要的就是不受束缚、重获自由。我能对照片做出反应，一如我对印刷品毫无反应。真奇怪，我没在宣传部门里搞伪造相片。

照片里只有一张的性别是公开的。上头是克利福德·洛曼，身高六英尺二英寸，体重二百二十磅，以前当过休斯敦大学橄榄球队中后卫，现在是陆军第一空降师的中士。他和一个越南女人有染。那个女的个头不大，身材纤细，很可能还是个孩子，尽管人们常常误判越南人的年纪。洛曼炫耀着他的力量：身体向后弯，双手支撑在屁股上，一边用雄壮的阳具挺起那女人。也许，他甚至还这样和她走路，因为她拼命伸出手，似乎想要保持平衡。他开心地咧嘴笑着；她把一张瞌睡的、傻傻的脸转向那个不知名的拍照者。在他们身后，一幅空白的电视屏幕反射出镜头的闪光。我给照片暂时取了个题目，叫作"老爸和孩子寻开心"，并且在第七部分派给它一个位子。

顺便说说，我最近几个早上都过得不错。那篇文章，过去一直压在我心里，已经顺利地编了出来。天不亮我就起床，蹑手蹑脚地走到书桌前。外面，鸟儿还没有开始叽叽喳喳地鸣叫，玛莉莲和那个孩子还在酣睡，毫无觉察。我把已经完成的章节按在激动起伏的胸前，做了个感恩祈祷，然后把它们放回一个小箱子里。接着，我开始继续写，没有回顾昨天写的东西。新的文字从笔端流出。我脑海里的冰河融化了、开裂了，灵感涌动。我是这家里生气勃勃的勤奋的天才，正在编织着我的保护伞。

我唯一需要留意的是别让我的耳朵听到无线电里头和我作对的声音。早上七八点钟，玛莉莲有时会打开收音机（这个声音对我有刺激，就像印刷品对我不起作用一样）。里面特别提到炸弹的当量和击中的目标，这些我都毫无防备。不是消息本身——我生来不受那些我永不知晓的地名烦扰——而是那个统计学家低沉的、不容辩驳的嗓音在我心中激起了怨恨的风暴，这在大多数民众身上不会发生。这股风暴把旋风般的血液和胆汁卷入我的脑中，使得我无法连续地思考。电台的消息,我的经验告诉我,是极具权威的。绝非巧合的是,我们用来播出电台消息的两个声源来自侦讯处的两个头目——一个中士大叔,他坦露有点喜欢你,不想看到你受到伤害。招了吧,这不是什么丢脸的事,最后每个人都会招供的;还有一个是拿着写字板的、冷漠英俊的上尉。再者,印刷品也有施虐欲,而且实际上会引起恐惧。报纸传递的信息是:"我什么都说,绝不会动摇。看我如何排列五十二个不带感情的字符。"报纸就是手持鞭子的严厉老爷,而读报则像哭泣着乞求怜悯。作者和读者一样,在它面前都得卑躬屈膝。色情读物的作者则命中注定是个英雄暴发户,他一心企盼着达到狂喜的境界,以至在他的言辞之下,色情读物的封面都要发狂了。我们把疯狂、新奇的话写在厕所的墙上,结果墙壁都承受不了了。原因很秘密,不为人知。我们看不到的,被隐秘的原因遮掩的真正原因是:在厕所墙上写这些是为了让我们自己在它们前面出丑。色情描写在书刊面前总是抬不起头来,但这种卑下却能震撼这份书刊。阅读出版物是一种被动的习惯。借助自省,我发现了这个事实,一如我在越南计划报告中发现的所有真相。越南,和其他事情一样,在我心中。在越南,只要稍微用点功,再多点耐心,就可以了解人性的一切。我加入这个计划时,上头准我去越南走一趟,熟络熟络。我回绝了,上头也没意见。我们这些有创意的人可以有我们异想天开的主意。我的越南构想的内容已经开始闪光,正如你所见,就在这一行行齐整的稿子之中。当这些文字付印后,它们的权威是毋庸置疑的。

剩下的就是库切这一关要过。在我郁闷的时候,我担心我们之间万一发生争执,我不会赢的。他的想法和我的不一致。他已不再有同情心。我几乎愿意做任何事情,以使他尊重我的想法。我知道我让他失望,他不再信任我了。而当没有人信任你的时候,保持自信又是谈何容易!晚间,当现实变得最清晰尖锐、当我收集的道具最像书里的概念的时候(例如,我的家什出自一本拉霍亚①的装潢目录,而我的妻子则出自一部小说,这部小说命中注定似的在美国一座地方图书馆里等着我),我发觉我的手偷偷伸向书桌桌脚边的公文包,就像伸向我生命的坟墓,而且,我也承认,就像伸向一次充满羞耻而美妙的邂逅。通过它们,我又一次翻看了我的相片和书页。我颤抖着,流着汗,心剧烈地跳动着,血液沸腾。今晚我忐忑不安,只能睡得很浅。当然,我悄悄对自己说,如果它们如此让我血液沸腾,正因为我是个男子汉,这些鬼魅般的影像正适合男人!

我的第二张照片上面是两名美军特种部队士兵,名叫(我从他们胸前的身份牌上得知)贝利和威尔逊。贝利和威尔逊两人脚后跟踮起蹲着,微笑着。他们这么做,部分原因是为了让摄像机拍摄,但主要的还是因为他们强壮、年轻的身体焕发出的健康容光。在他们身后,我们看到低矮的灌木丛,再往后是密密的树林。威尔逊拿着一颗被割下的人头,头颅搁在他前面的地上。贝利则拎着另两个头颅的

————————

① 拉霍亚(La Jolla),美国加利福尼亚州圣迭戈市西南的海滨旅游胜地。

头发。这些都是越南人的人头，是在他们死后或还有一口气的时候被割下来的。它们是胜利的纪念品：既然安南①虎已经灭绝，那剩下的只有人和几种没死绝的低等哺乳动物了。它们看上去像石头般僵硬，被割下的人头似乎总是如此。我们当中有些人心存疑虑，死人的五官会变形移位，是用些棉絮草草填充一下就供人祭奠的，那么，我们兴奋地看到，这些头颅的面部表情轮廓分明，像大理石般冰冷，又像睡着了似的。他们的嘴体面地紧闭着。他们死得其所、死而无憾。（尽管如此，有一颗被割下的人头，我觉得挺荒唐。在几张照片上，一群哭泣着的女人来认领死者的遗体，这些照片或许也会牵动你的心弦；一辆上面放着棺材或是一个真人大小的塑料袋的手推车或许会令人肃然起敬。但是，假如一位母亲把她儿子的人头放进一只麻袋，然后拎走，就像在超市里买了一点东西，你还会说同样的话吗？我咯咯地笑了。）

　　我的第三张照片是一幅剧照，出自一部有关竹岛②上的老虎笼子的电影（在肯尼迪这儿，我已经看过所有的越南剧目）。观看这部电影时，我为自己能远离现实的越南暗自庆幸：那些人的厚颜无耻，污秽、苍蝇加上恶臭，战俘的目光，这些都是我无法回避的。他们带着天真的好奇注视着摄像机，根本没有意识到它是他们命运的主宰——这些

---

① 安南（Annam），越南旧称安南，又称交趾，系安南都护府驻地。
② 竹岛（Hon Tre），Hon Tre 系越南语。竹岛位于越南庆和省省会芽庄（Nha Trang）市东部的南中国海上，濒临重要军事基地金兰湾，以美丽的海滩风光著称。

都属于一个堕入深渊、无可救药的越南。那个世界让我觉得窘迫而陌生。可是在这部片子里，当摄像机镜头穿过高墙合围的监狱的铁门，看见一排排带着网状栅栏的水泥坟墓的时候，我忽然重又意识到，这个世界在不辞辛劳地用图像向我袒露它的一切，这让我兴奋，激动得直打哆嗦。

一位军官，即这个营地的指挥官，走进了场景。他把手杖戳进第一个笼子。镜头推进，我们往里面看。"坏种。"他用英语说道。可是话筒里却传来："赤色分子。"

笼子里的男人转向我们，目光呆滞。

指挥官用他的手杖轻轻捅了捅他，他微笑着摇了摇头。"坏种。"他说。这是一部古怪的片子，1965年由国家情报局拍摄。

我有一张这名囚犯的十二英寸见方的放大照片。他用一只肘子把自己撑起来，脸朝向远处模糊的电网。在令人目眩的阳光下，他只能隐约看见他眼镜的轮廓。他消瘦憔悴，一只眼睛里闪动着一个光点，另一只在笼子的阴影里。

我还有另外一张，是一张单独放大的脸部特写。他右眼的闪光已经成了一个漫射开来的白色斑点。灰暗色的阴影部分标示出太阳穴、右侧的眉毛和凹陷的双颊。

我闭上双眼，手指划过冰冷、平淡的相片表面。郊区这里的晚上很宁静。我让自己全神贯注。表面每一处都一个样。那眼里的光芒，似乎会穿过摄像机镜头射进我的双眼，在我的指尖下却显得幽暗、晦涩，使我无法进入这个令人费解却又真实可见的男人的内心。我仍然探究着。我的想象在晚间变得敏感而略带病态。在它持续的压力下，他的内心也许迟早会开放。

那两个经受了酷刑折磨，死也不招的老兄在药剂的作用下神志不清，彻底垮了。他们握住审讯者的手，自愿自觉地说着，像孩子一样敞开心扉。在供认不讳之后，他们被送往医院，然后去改造营。他们在战俘营里很容易被辨认出来。他们是那种躲在角落里头，或者在网栏边上终日踱来踱去、念念有词的人。一堵泪墙把他们的眼睛和外面隔离开来。他们如同鬼魂，或是他们自己的幽灵：他们从前待过的地方，现在成了把他们吞没的黑洞。他们想洗脱，却无法变得清白。某种东西从他们体内浮现，并在他们头脑的阴暗角落里无休止地盘旋下去。他们的记忆失灵了。他们仅仅知道，用我的话来说，时空中有一条裂痕。他们此时此刻在这儿，而此后，有一个地方正向他们招手。

这些遭到戕害的肉体，这些营地里精神失常的人，曾经是——请允许我这样说——他们是时代的精英，无畏而博爱——他们正是我所有悲哀的起因！他们为何不能接受我们？我们原本可以喜欢他们：我们对他们的敌意仅仅出于破灭的希望。我们挣扎在灭亡的边缘，给他们带来那可怜的自我，仅仅想求得他们的认可。我们随身携带着武器、枪炮及其隐喻，这是我们所知的在我们和我们的目标之间唯一的联结。从这样悲剧性的愚昧无知中，我们寻求着解脱。我们的梦魇是，既然我们企盼的一切都似一缕轻烟从我们的指尖溜走了，那么我们没有存在过；既然我们拥有的都已凋落了，所存在的就只有我们了。我们在越南的海岸上登陆，紧握武器、巴望能有人无畏地站出来面对这个对现实的探索。我们嘶喊：你能证明你自己，你也就能证明我们。我们会永远爱你，送给你许许多多礼物。

然而如同其他事物一样，他们在我们眼前枯萎了。我们让他们身陷火海，祈祷奇迹的发生。在火焰的中心，他们的身体闪耀着天国的光芒；在我们的耳朵里，他们的声音回响着。可当火光熄灭后，一切都成了灰烬。我们在壕沟里把他们堆起来。如果他们当时冒着枪林弹雨、唱着歌朝我们走来，我们会跪拜他们。可是子弹将他们击倒在地，他们死了，正如我们担心的那样。我们把他们的身体切开，我们伸进他们的尸体，拽出他们的肝脏，希望他们的鲜血能洗刷我们。可他们尖叫着、号哭着，像是最不起眼的魅影。我们强暴他们的女人，插进她们的深处。可当我们苏醒过来后，我们依旧孑然一身，而那些女人像石头一样冰冷。

在泪水中，我们变得痛苦不堪。我们已向我们悲哀地自我证实，他们并非是在我们梦境中逡巡的黑眼睛的神灵。我们只求他们离去，让我们心神安宁。可他们不肯。有一阵子，我们准备同情他们了，可是我们更同情自己想超凡入圣而导致的灾难性悲剧。我们的同情随之耗尽了。

二

在完成了这个引言部分后，我不再参与库切的"越南新生"计划。

引　言

1.1　报告的宗旨

此报告涉及印度支那①战争第四至第六阶段播放电台节目的可行性研究。对本心理战机构在第一至第三阶段（1961 年至 1965 年、1965 年至 1969 年、1969 年至 1972 年）的工作进展，报告将进行评估，并在形式及内容方面就将来的宣传工作提出具体的修改意见。本报告所提之建议，适用于由美国的通讯社直接负责的播音栏目（包括越南语、高棉语、老挝语、芒语及其他方言节目②，但不包括美国之音太平洋地区节目），以及由美国提供技术支持，由越南共和国③控制的节目（主要指自由越南电台和 V. A. F.，即越南武装部队的电台）。

心理战之策略，须由总体作战战略决定。本计划于 1973 年年初着手制订，即我方进入战争第四阶段之时。在

---

① 印度支那（Indo-China），狭义上指印度支那半岛（中南半岛）的越南、柬埔寨和老挝三国。

② 高棉语（Khmer）系柬埔寨国语。芒语（Muong）系越南人使用的语言之一，又称京语。京族是越南最大的民族，在中国西南也有分布，是中国的少数民族之一。

③ 越南共和国（The Republic of Vietnam），亦称南越。最早由美国扶植吴庭艳于 1955 年成立的傀儡政权，首都西贡（Saigon），与胡志明领导的越南民主共和国（The Democratic Republic of Vietnam，亦称北越）相对。1976 年南北越统一，国名定为越南社会主义共和国（The Socialist Republic of Vietnam），首都河内（Hanoi）。

此阶段中,宣传战线将扮演复杂而又极为关键的角色。根据国内的政治形势,预计第四阶段将持续至1974年年中或1977年年初。之后将对军队进行快速整编及重新装备(第五阶段),随后开展军警或文官系统的重组工作(第六阶段)。本方案是敞开的。因此,我大胆地就第四至第六阶段结束后直至战争的最后时刻提出我的建议。

1.2　宣传部门的工作目标及进展

实施心理战,我们的目标是摧毁对方的士气。心理战是宣传工作的消极方面:它的积极方面是营造信心,相信我们的政权是牢固的、持久的。宣传攻势如得以有效开展,则能动摇对方的群众基础和预备役人员,并使其士兵在作战中情绪波动,继而可能叛逃,由此来瓦解敌人的斗志,同时巩固我方军民的忠诚。因此,不能过高估计它的军事、政治影响力。

然而,在越南的宣传机构,不论是美国的还是由美国协助的,其工作进展依然不尽如人意。这是联合调查委员会1971年做出的一般结论,是提供给肯尼迪研究所的内部研究结果,也是我个人对所谓的平民、投诚者以及战俘囚犯走访后的分析结果。通过对1965年至1972年间播出节目所做的内容分析,上述结论被进一步确认。我们总的结论是:施加于对方游击队及其支持者的有效心理压力,须在他们的承受限度之内;进一步的推论是:我们的一些节目也许产生了相反的效果。因此,我们调查研究的正确出发点应是:在反叛者的精神及社会心理层面,是否存在某种因素与我们的宣传渗透相抵触？回答这一问题后，我们可继续发问：如何能让我们的节目更好地渗透？

1.3 控制

我们的宣传部门还需运用弗朗茨·博厄斯①的第一篇人类学论文：如果我们希望接管一个社会的方向，我们必须从它的文化框架内加以引导，或者根除它原有的文化并植入新的结构。如果我们不认清越南农村是文盲地区，其家庭结构是父系的，其社会分层等级森严，其政治秩序虽有地方自治，但总体是专制集权的这些情况，我们就不能指望对越南农民的思想予以导控。（最后一项事实可以解释为何在安定时期，越南共和国陆军的指挥系统会堕落为地方的总督管辖统治。）把越南人看作单独的个体是个错误，因为他们的文化教育他们，个人利益要服从家庭、家族或者村庄的集体利益。一切合理的私欲，比起父老兄弟的想法来，都是无关紧要的。

西方理论及其在越南的实践

然而，我们对广大越南家庭播出的声音既不像父亲也不像兄弟。那是个自我怀疑的声音，是个像勒内·笛卡尔②的声音，在世俗的自我与那个打量着它的精神自我之

---

① 弗朗茨·博厄斯（Franz Boas，1858—1942），美国人类学创始人。著述颇丰，对描述与理论语言学、美洲印第安人种学等均有巨大贡献。

② 勒内·笛卡尔（René Descartes，1596—1650），法国哲学家、自然科学家、解析几何学奠基人。主要著作有《几何学》《哲学原理》《方法论》等。其名言是"我思故我在"。

间插入一个楔子。我们投诚、和解①节目的声音完全是笛卡尔式的。它们的情况并不令人满意。不论是装出一副自己偷偷怀疑的腔调（"打下去没戏，为啥我还扛着？"），还是摆出老大哥的样子（"我已经投奔西贡②那边啦——你也行！"），都没能成功。因为他们用一种陌生的、幽灵③般的理性口气说话，而这在越南人的头脑里没有先例。我们试图让那些乡巴佬有些想法，可到现在连鬼影子都没有。

而自由越南之声电台的广播，尽管它的军乐显得粗俗，尽管不是吹牛就是喊口号、不是摇旗呐喊就是咒骂，倒比我们斯文的节目更让越南人听得舒心。它给出强大的权威和明了的选择。我们自己的统计显示，除了西贡本身，自由越南之声电台在所有地方都是最受欢迎的。西贡人更喜欢美国军方电台的流行音乐。我们的数字表明，解放电台（民族解放阵线）有部分听众，但很大程度上并不可信。对于美国操办的电台，数字更精确些。它显示，除了城市，其他地方对节目都兴趣不大。在地方上，人们满怀敬意地收听凶狠的战斗英雄、谦恭的投诚者，或自由越南电台的铜管乐队音乐节目主持人的声音。有个傍晚时段的述评节目，由国家警察局的一位阮洛宾上校主持，拥有大批听众。阮上校的粗野让西方人不舒服，但越南人喜欢他，因为他粗俗的

---

① 原文 Chieu Hoi 系越南语，指美国对越共及北越政权的怀柔政策，投诚士兵会得到宽大处理，不会被指控为叛国罪。

② 西贡（Saigon），越南南方最大的城市，越战中是南越政权的首都。今称胡志明市（Ho Chi Minh City）。

③ 原文 doppelganger 系德语，指德国民间传说中活人的幽灵。

幽默,哄骗,恫吓,再加点诡秘的内幕,在他和他的听众,尤其是女性听众之间建立起了典型的越南式的老大哥关系。

1.4　父亲般的声音

父亲的声音适时地从天外传来。当它从 B-52 轰炸机那儿开口时,越南人把这个声音叫作"死神的窃窃私语"。但没有理由认为它不能搭乘电波,而且具有同样的杀伤力。父亲意味着绝对权威、永不犯错和无所不在。他只下命令而非劝说。他所预言的,注定会发生。当内疚的西贡人在万籁俱寂之时调到解放电台时,从那个频率传出的应是父亲般令人敬畏的声音。

父亲般的声音并不是一种新的宣传手段。然而,在极权主义政府,存在着把父亲般的声音等同于国父领袖声音的趋势。在战争时期,这位"父亲"鼓励他的孩子们为国捐躯;在和平年代,则激励人们进行伟大的创造。越南共和国也不例外。但这种宣传方式有两个缺陷。其一,"父亲"无上崇高的光环会被领袖的失误玷污。其二,有些刑罚,精明的政治家不愿去冒险;有些惩处,谨小慎微的政客没胆量去宣布实行,而这些最后都属于无所不能的"父亲"。

正是基于这样的考虑,我建议职责的分工,即由越南人负责老大哥的声音,而我们自己负责打造和运作父亲的声音。

【此处我略去了三页乏味的细节说明,即情报部门和资讯部门的工作权限、南越地区的安全形势,以及南越对责任分担的渴望。】

父亲声音的栏目策划

在有限战争阶段，"战胜"是一个精神上的，而非军事上的概念。所谓摧毁对方士气的理想，我们是口惠而实不至，而且取决于我们为了实现这个理想而采取的恐吓性的战争。实际上，我们最有效的瓦解敌人斗志的行动，却被证明恰恰是军事的手段，尽管为了达到心理战的目的而使用武力令人羞愧。因此，举个例子，我们把对方的村庄称为武装要塞，从而为消灭它们的行动开脱。而这样做的真正价值在于向不在家的越共分子显示，他们的家庭与住所是何等的脆弱。

假如无法被证实，那么对罪行的指控毫无意义。我们从地图上抹去的村庄，百分之九十五都永远地消失了。

在军方的高级军官中，对恐怖行动缺乏真正的了解，这令人不安。对良心的责问不在本文的范围之内。我们必须假设：军方认为恐怖手段仅仅是为了军事的目的，而且相信他们自己的解释。

CT 行动的证词

战场上的人们更加了解实情。1968 年至 1969 年，陆军特种部队在三角洲地区①采取了政治暗杀行动（代号CT）。在 CT 行动中，民族解放阵线（NLF）的骨干有相当一部分被消灭，其余被迫隐蔽起来。官方报告把此次行动定性为警察行动而非军事行动，因为它锁定了目标，并通过埋

---

① 此处可能指越南南部的湄公河三角洲。湄公河上游在中国境内，称澜沧江。

伏和狙击的方式将其定点清除。对此次行动的成功,官方的解释是:民族解放阵线很丢面子,因为老百姓发现民族解放阵线没有应对暗杀的办法。

执行暗杀的人却有不同的解释。他们知道识别民族解放阵线的骨干情报人员并不可靠。线人常常出于个人嫉妒或恩怨办事,或者仅仅出于取得赏金的贪心。有充分的理由相信,许多被杀的人都是无辜的,尽管越南人都只是相对清白而已。不仅如此。下面是我引自暗杀小组一位成员的话:"在一百码开外的地方,谁分得清是哪个越南佬?你只能先打烂他的脑瓜,然后祈祷没开错枪。"还不止这个。我们应该意识到:当那些家伙知道已经被我们盯上的时候,更高级别的头目早就溜走了。所以我们必须把官方统计的一千二百五十人当作一个严重夸大的数目,而被干掉的只是一些小喽啰。

不过 CT 行动还是一个可观的胜利。在国家警察署更"正统"的措施配合下,它使得恐怖主义和阴谋破坏事件减少了百分之七十五。运用先进的非言语技术——在越南,所有口头的答复都不可信——调查者的记录表明,在那些1968 年之前由民族解放阵线控制的村庄,越南人暴怒、轻视和违抗的反应已经逐渐减少。在不安和焦虑阶段之后,他们进入了被称作"高起点"的状态,伴随着冷漠、沮丧和绝望的心态。

这再一次说明,亲自尝过滋味的人讲的故事最动听。我来引用一句:"咱们把他们吓得屁滚尿流。他们压根儿猜不到下一个轮到谁。"

不过害怕对这些越南人来说不是什么新鲜玩意儿。恐惧反倒让他们团结得更加紧密。CT行动的创新之处在于：它并不攻击对方的整体，而是让对方的每一个成员感觉到，作为一个个体，随时有可能遭到攻击，从而使整个团体分崩离析。"为什么是我？"对于这个问题，永远不会有答案。我被挑中是因为他们深不可测地选择了我，是因为我被做了记号。就是这句不合逻辑的推论，把目标的灵魂给参透了。他对集体的感情支持变得毫不相干，因为他发现他正独自一人面对一场战争。他已经成了一个牺牲品。他成了一位永不失手的猎人的猎物。不论何时，只要那猎手出击，就有人毙命。由此，他头脑里的想法带上了瑕疵：我在注定要死和还能活命的人当中游移——我会不会死？这样，一个集体就变成了一群只会乱转的蜜蜂，它们的触须只能在即将到来的死亡之前颤抖。蜂巢发出怀疑的嗡嗡声（我是在和死尸讲话吗？），于是，随着压力的持续，连贯的心智断裂了（我有污点，我只能自己辨明方向）。

（我对这项趋政治化的动态过程的解释，竟和托马斯·塞尔在拘留营的趋政治化方面所做的研究惊人地一致。塞尔的报告称，一个随时随地、任意挑选惩罚对象的拘留营头子，只要能在表面上维持这种选择性，就可以一直成功地瓦解集体的士气。）

CT行动给我们什么教训？它告诉我们，当整体的凝聚力削弱时，其成员也更容易崩溃。反之，如果不采取将整体各个击破的方针，那么其成员抵抗进攻的精神力量也就不会降低。我们在越南的诸多行动，也许包括战略轰炸在内，由于忽视了这条原则而惨遭败绩。在越南,只有一条路行得通:各个击破、分而治之。我们的错误在于使越南人自认为是在外国压迫者的狂轰滥炸之下保持团结一致的民族整体。由此,我们设计出瓦解对方集体抵抗的行动方案———一项充满危险、代价高昂,同时也是多此一举的方案。如果我们迫使某个村庄、游击队或者单独的个体把自己看作被选中接受某项惩罚的对象,却对个中原因一无所知,那么,他最初的反应可能会是愤怒的回击,但随着惩罚的持续进行,自责的种子将不可避免地在他内心生根发芽,并且使他产生这样的想法:"我受到了惩罚,所以我是有罪之人。"说出这种话的人实际上已经输了。

1.5　父亲的神话

父亲的声音可以击破敌人的联结。敌人的力量来自团结。我们就是那个平息兄弟造反的父亲。对于这种交锋,有一种神话般的范式,无疑,我们的敌人知道,在这个神话里,兄弟篡夺了父亲的位子,并从中汲取精神养分。这种力量激励鼓舞着敌人兄弟同志般的情谊,不仅预示着他们的胜利,而且宣告颠覆了兄弟阋于墙的时代。

有一个神话是真的———也就是说是操作上可行的———而且有预言的力量。一个神话越是根基深厚、四海皆知,就越是难以匹敌。一个部落的神话,是它创造出来用以维持其权力的故事。对付一个有关力量的神话,答案并不一定在于军事打击。因为如果这个神话已经预见到了这一点,那么对抗只能使它强化。神话艺术学教导我们,一个更微妙、更有效的方法是去颠覆、去修改这个神话,而宣传工作的至高境界则是传播新的神话。

至于我们正在对付的那些神话,连同各个民族的变奏版本,我推荐你们参看托马斯·麦凯门书中的描述,即《共产党的神话与集体凝聚力》:第一册《无产阶级神话艺术》(1967)和第二册《暴民的神话艺术》(1969)。麦凯门这部里程碑式的专著,为整个现代的反神话科学结构奠定了基础。我们当下的研究正是其中的一小部分。麦凯门对颠覆父权的神话做了如下描述:

"从本质上说,神话就是将儿子反对父亲的忤逆行为合法化,因为后者把他的儿子们当雇工使唤。儿子们长大成人,产生了逆反心理,反抗父亲,而且分家。这就是说,把受过父辈雨露惠泽的土地瓜分。从精神分析层面看,神话是一个孩子自我肯定的幻想,因为他无力从父亲这位劲敌手中抢过母亲,据为己有。"在一般越南人的心理意识中,这个神话则是如下形态:"大地的儿子们(即同为农夫的兄弟们)想要占有土地(即越南语 boden),因此他们要推翻那个代表着旧的权力体系的天神(即美帝国主义)。大地母亲把儿子们藏了起来,以躲避那个天父的雷电霹雳。到了晚上,当天父睡着的时候,儿子们走了出来,把他去势,并且创建了一套新的父权等级。"(第二册,第 26 页、101 页)

反神话

上述神话的弱点在于,它把父亲描写成脆弱的、在单一定向的猛烈打击下易于凋敝的形象。迄今我们的对策一直是:我们每砍一颗人头,就扶植一个新的。我们的策略是消耗战。我们顶替死者的后备力量是无穷的。不过我们还是希望敌人会丧失信心，变得沮丧，乖乖投降。

但不能把这个对策视为最终解决方案。首先，叛逆的神话有个不准投降的条款。对那些落入父亲手里的人，惩罚不是被活生生地吃掉，就是永远关在火山里头。如果你胆敢投降，你的肉体就回不了大地，你也就不能来世再生（火山不属于大地，而是天父在凡间的据点）。因此，你没有投降的选择，投降者的命运比牺牲还糟糕。（而且，考虑到西贡那里囚犯的境遇，这个理论的直觉力量也不容否认。）

这种对策的另一个谬误之处在于，它错误地诠释了叛逆的神话。打败暴君般的父亲并赢得战争的进攻并非是致命一击，而是羞辱性的打击，让他觉得无能（衰老和不育在神话学上是难以分辨的）。他的王国不再是沃土，而是一片荒原。

对于那些了解仿效中国式价值体系的人来说，他们知道耻辱在其中的含义，因此不会低估了这种羞辱性打击的分量。

现在让我概述一种更有效的反制策略。

叛逆的神话把天与地、父亲与母亲假设成共生共存的。任何一方都无法单独存在。如果父亲被推翻，势必有新的父亲和新的反叛，还有无休止的暴乱。然而，不论她对她的伴侣如何背叛和不忠，母亲却不会被消灭。所以，母亲和儿子们的共谋也是永无终结的。

可是，历史的元神话还没有让天地共存的故事过时吗？

我们不再以耕地为生,而是吞噬着土地和土地上的工业垃圾。我们宣布和她脱离关系,并投入别人的怀抱。我们有能力养育自己。当大地母亲与她的儿子们密谋乱伦之时,难道我们不应求助于出现在我们脑海中的女神吗?难道这不是由大地母亲忠诚的女儿取代她的良机吗?雅典娜女神的时代来临了。在印度支那的舞台上,我们上演了一出土地时代终结,而天神和他单性繁殖的女儿结合的戏剧。如果戏演得不好,那是因为我们尚未睡醒,跌跌绊绊地在台上走动,而且不了解行动的意义的缘故。现在,在这个令人目眩的超历史意识的上升时刻,我把它们的含义揭示出来,因为我们正开始建构自己的神话。

1.6　胜利

父亲不可能是一位慈父,除非他的儿子们跪倒在他的权杖之前。

儿子们反叛父亲的阴谋必须停止。他们必须真心实意地对父亲恭顺。

当儿子们懂得恭顺时,他们才能安稳地睡觉。

第四阶段只是推后了和他们算账的时日。

越南的重建绝无问题。唯一的问题是何时获胜这一问题。

我们都是某某人的儿子。别以为我写这份报告心里不难受。(另一方面,也别低估了我的喜悦。)我同样也被勇气激荡着。但勇气是过时的美德。有了勇气,我们又被暴力反叛的轮回束缚。勇气之外还有一颗谦卑的心,它仿佛一座宁静的花园。我们也许可以摆脱时光的循环,遁入其中。我穿着整齐、彬彬有礼,但我属于未来的天堂。

进入天堂之前还需赎罪。

我自己已经做好了赎罪的准备,而且不是一点都不高兴。如果我必须为恭顺的目标殉道,我会义无反顾地接受。我不是孤军奋战。在美国,有一支年轻人的队伍等候在书桌旁,像我一样不合潮流。我们身穿深色服装,戴着厚重的眼镜。在 1945 年,我们还都是小男孩。现在我们正肩负起责任。我们正整装待发。在不远的将来,正是我们这代人要继承美利坚的精神。我们耐心地等待着那一天的到来。

如果你被那些已经投入战斗的人们的勇气感染,那么请检视一下你的内心:诚实的目光会发现,被打动的并非你的良心。被打动的恰恰是那不忠的自我。它渴望倒在奴隶面前,去减轻麻风病人的痛苦。阴暗的自我奔向耻辱和骚乱,而光明的自我则投入恭顺与秩序。阴暗的自我用疑虑压抑光明的自我。这我清楚。它的毒药正在吞噬着我。

我是个抵抗英雄。如果被恰当地理解,我和那个隐喻中的形象没有差别。虽然穿着流血的盔甲,步履蹒跚,但我依然一个人在原野上,被围攻却还是岿然不动。

我的报告已经就绪。我端坐在桌旁写着。我做了细致的分析。正是在细致分辨这一点上,世界发生了巨大的变化。我区分了恭顺与耻辱,而在我的分辨智慧之下,大山坍塌了。我身上体现了知识分子对暴力流血和无政府主义的坚忍反抗。我的经历不是情绪化和强力的故事——那种电视上梦幻般的战争故事——而是生活本身,恭顺的生活。

在越南只有一个问题,那就是胜利的问题。胜利的问题是个技术性问题。我们必须相信这一点。胜利取决于有力保障,而我们成功地解决了这个问题。

我希望尽快跳过这部分。我对这项任务的种种限制缺乏耐心。

我删去了冲突的第四阶段。我企盼着第五阶段,以及全方位空战的回归。

会有一场军事意义上的空战及其军事目标,还会有一场政治意义上的"空战",其目标是摧毁敌人精神维系的能力。

在进行量化工作之前,我们不太可能明白这一切的含义。但在这场政治"空战"中,不会有像清点人头数目那样简单的事。因此,我们使用了概率测算法(抱歉,我重复了书里已有的东西,我还是尽量把事情做得完满些)。当攻击一个目标时,我们把成功的概率表示如下:

$$P_1 = aX^{-3/4} + (bX-c)Y$$

此处设 X 为空中投放炸弹的高程,设 Y 为地面火力的密集度,a、b、c 为常数。然而,在一场典型的政治"空袭"中,目标不会被详细说明,而只会用一组地图坐标予以确定。为了知道有几分胜算,我们把两组概率输入电脑,并求出它们的值:上述的 P_1(一次攻击的概率)和 P_2,即我们的确攻击到了目标的概率。由于目前我们只能推测 P_2 的数值,因此我们一直采取轮番轰炸的政策,用密集的轰炸数量来弥补微不足道的 P_1 和 P_2。在第三阶段,这项策略不怎么管用,而在第四阶段则完全失效,因为所有的轰炸都在暗中进行。到了第五阶段,咱们该采用什么法子?

我坐在哈里·S.杜鲁门图书馆的最里头,四周被泥土、钢筋、混凝土,还有一英里又一英里紧紧叠压的文件包围。从这座固若金汤的心智堡垒中,我乘着想象的翅膀,把未来寄托在攻击大地母亲身上。

当我们通过一对地图坐标进攻敌人时,我们把自己暴露在无力解决的数学难题面前。但如果我们无法解决它们,还可以通过攻击坐标本身来清除它们——所有的坐标!几年来我们一直对地面开展进攻,明着是去除庄稼和丛林的叶子,暗地里偶然地炮击和轰炸。让我们在上述上升意识的行动中,承认我们行动的意义。我们对每两千枚偶然发射的导弹中的一千九百九十九枚是否击中了目标表示怀疑。然而每一枚导弹都落在了某处,被人们的耳朵听见,使某人丧失信心。只有当我们发射了一枚导弹,可我们的敌人知道这回事的时候,这枚导弹才真的是浪费了。我们的奢侈为提倡节俭的越南人轻视,但这仅仅是因为他们把它看作铺张浪费,而非慷慨大方的行为。他们知道我们对蹂躏大地感到愧疚,也明白我们所谓只有0.058%的概率也要击中目标的神话不过是善意的谎言。让这套老掉牙的自责见鬼去吧!我们的未来不属于大地而属于星辰。咱们得让敌人清楚,他赤身裸体、孤立无援地站在死气沉沉的荒原上。

我要让自己振作起来。

我们不能对喷洒技术嗤之以鼻。如果喷洒不能带来爆炸的高潮(对美国人来说,没有什么比电视上播放的用凝固汽油弹轰炸的场面更有教育意义了),在对地作战中,它总还是比高爆炸药有效。PROP-12 喷雾剂能在一周内改变越南的面貌。PROP-12 是一种土壤毒剂,十分神奇(我再次道歉)。当它被冲刷入土壤后,会破坏硅酸盐的化学结构,并沉淀下一层灰白色的薄薄的沙砾。我们为什么中断使用 PROP-12?为什么我们只在有定居点的地方使用它?我们会遭到愧疚与徒劳的双重折磨,除非我们了解自己,以及我们行动的真谛。

在写这些文字时,我的心绪不佳。我的身体很糟糕。我的妻子对我不忠,我的家庭无幸福可言,我的上司也不体恤我。我头疼难受。我睡不安稳。我在透支自己。如果我知道怎么度假,兴许我会去一趟。但我有种幻觉,觉得有种时不我待的历史使命。我说得不太连贯。我很抱歉。但我们可以成功。我有义务指出我们的责任。我坐在图书馆里头,浮想联翩。我属于体面的读书人,端坐图书馆中,却有十分清晰的视野。我不指名道姓。你们必须倾听。我用未来之声说话。我在一个麻烦不断的年代讲话,告诉你们如何回到过去。我对我们的双重自我谈话,让它们互相拥抱,爱至善,也爱极恶。

把这个撕了吧,库切,它只是附言。它是你的了,听我的吧。

三

当我还是一个读小学的规规矩矩的小男孩的时候,我的房间里藏着一个小小的水晶花园:长矛和蕨叶、赭石和佛青,摇摇晃晃地立在一个果酱罐里头,像石笋一样服从于凝固的生命力。水晶的种子会为我生长。其他物种不会发芽,即便在加利福尼亚。我曾经给马丁在罐子里种过豆子,那时候我还在管他,为了让他看看漂亮的根茎。可豆子还是烂掉了,后来仓鼠也一样,死了。

水晶花园种在一种叫硅酸钠的介质中。我从百科全书里了解到一些关于硅酸钠和水晶花园的东西。百科全书依然是我最喜欢的类型。我认为把世界按照字母顺序排序最终会比人们已经试过的其他方法要优越得多。

正是在1939年版的《大不列颠百科全书》上头,我的视力毁了。

我是个小书虫。我在书堆里长大。

如今我过着水晶般清澈透明的日子。过多的想法在我头脑里冒出来,那是个密闭缺氧的世界。首先是那个笼罩脑部的头盖骨。接着是一个囊包,一层羊膜:我在运动中可以感觉到里头那些稀薄的惰性液体。夜间,月亮在双耳之间引起微弱的潮汐。那儿似乎正在孕育着我。

我开始对库切有点好感,不那么拘束了。我打算为他工作得更出色。我要让我的所长有进展,让他看看我所有的能耐、我的那些奇思妙想、我所有的优良品性。

假设他如我所愿曾经关注过我,如果他曾经主动示意过要认可他的当选,那么我对他早就毫无保留了。我并不嫉妒。我只想好好地安心工作。他有他的位置,我有我的。我希望他能善待我。我希望有朝一日像他一样,在某些方面。尽管他实际上不是一个聪慧的人，但他却用居高临下的态度思考问题。我想掌握那门技艺。我发现自己的想法总是易于鲁莽。我不能坚持主张。我欣赏纪律。我觉得自己天生就有纪律性。我当然是个实诚人。甚至对我那个老婆，我也是忠心耿耿。至于库切，我认为我甚至可以完全模仿他。总有一天，我会成为他毫无二致的复制品，但时不时地可能有点以前特立独行的老毛病。

可他当前的行为让我失望。他在逃避我。他不再像以往那样微笑，也不再亲切地问我最近如何。当我在他玻璃隔间外的走廊上荡来荡去的时候（我们都有这种玻璃隔间，做成隔间是因为我们是单孢体，安上玻璃则是为了打消我们的怪癖），他假装忙着干活，没看见我。他的秘书从她的隔间向外张望，给我一个矜持的、忠实老奴式的微笑。我也笑了笑，摇了摇头，晃回我的隔间里头，无事可做。自从我把越南计划的评估报告交上去之后，就一直是这般情形。

他们想要让我觉得难堪。可我没做什么丢脸的事情。我只不过说了实情。我不害怕道出真相。我从来不是个懦夫。我发现，别人避而不谈的东西，我却始终能做到直言不讳。作为一个年轻人，我用诗歌表白自己，虽然是模仿他人，却并非一无是处。随着我更加接近权力的中心，我找到了表达自己观点的其他方式。我仍然把我最出色的工作，例如给国际电报电话公司所做的，当作是一种诗意的流露。神话艺术，我目前的专业，和哲学或批评学一样，是个开放的领域，因为还没有一种方法论能解决它错综复杂的问题。当麦格罗-希尔国际出版公司推出首本神话艺术学的教科书的时候,我就会换个工作。我有一种勇于探索的气质。假定我生活在二百年前,我肯定会去探索一块大陆,去勘测、去开发、去殖民。在那令人头晕目眩的自在状态中,我可能会发挥我真正的潜能。如果我现在觉得受到了挤对,那是由于我没有空间振翅高飞。对于我那腰酸背疼的毛病,这真是个不错的解释,也是一个杜撰的缘由。我的精神本应翱翔入那无边无际的内心世界,可是把它硬生生地拽回来的,是这暴君似的身体。辛巴达①那个航海老人的故事也同样贴切。

无疑我是个病人。我为越南付出了太多。我要用一个隐喻:那是悲哀的创伤。在我的世界里肯定有什么地方不对劲。在我体内,在那些肌肤之下,我在流血。有时候我觉得这创痛来自胃部,在本该提供营养的食物上,它却分泌出黏液和绝望,渗入那些腐蚀着我幽暗而弯曲的器官的泥潭。其他时候我又想象这伤口在我眼睛后面的某处空洞哭泣着。毫无疑问,我必须找到并治疗它,不然会因此死去。这就是我不怕扯去遮羞布,敢于剖析自己的原因。举止得体是很重要的品质,可毕竟生命更无价。

如果我以为库切会救我,那么我是弄错了。库切以其博弈论闻名。对于如何控制的问题,他原本就没什么兴趣。他做事的格言是:假设人们的自身利益一致,那么他们的行

---

① 辛巴达(Sinbad),古代阿拉伯民间故事集《天方夜谭》中的巴格达富商,曾作七次冒险航行。俄国作曲家里姆斯基-科萨科夫(Nikolai Andreyevich Rimsky-Korsakov,1844—1908)的交响组曲《天方夜谭》(Scheherazade)对此有描绘。

为也会相同。他的事业是建立在人的自我及其利益之上
的。他甚至把我也当作一个只有私利的自我而已。他无法
理解一个人怎么能体验自我。体验成一只封套，容纳着身
体的各个部分，而在里面，他在激动着、兴奋着。我是看连
环画长大的（其实我什么书都看）。我一下子就被那些穿
戴着靴子、皮带、面具以及其他服装的英雄巨人迷住了，想
象自己也成了被有毒的衣服折磨着的赫拉克勒斯①。对我
这位美国的怪物英雄也有宽慰：每过十六页，尘世的天堂就
会轮回，那位戴着面具的救世主可以变回脸色苍白的平民。
而赫拉克勒斯似乎要永远受折磨。我想象出的这些故事充
满灵感和深意，可我却累了。它们可以作为以后的写作线
索，我放下了这项工作。

　　库切希望我离去。我感觉到我就像不存在一样。他的
秘书朝我挤出一个微笑，然后不再搭理我。但我没有走。
如果他们拒绝见我，我就会变作他们走廊上的幽灵，那个用
电话骚扰他们、上厕所不冲水的幽灵。

　　来自麻省理工学院的男孩们正在嘲笑污染鱼类的新
方法。

　　我凝视着墙壁。我凝视着洒入午后阳光的窗框。光线
射入我脑袋中的痛苦之网。我打着哈欠，眼珠子滚动着。
我身上肯定有什么地方奇形怪状。我在这隔间里究竟忙些
什么？我在这些人眼里究竟是个什么角色？我腮边悄悄地

---

① 　赫拉克勒斯（Herakles），主神宙斯与底比斯王安菲特律翁之妻阿尔
　　克墨涅所生之子，力大无比，曾完成十二项英雄业绩。

流下了几滴疲惫的泪水。我渴望属于自己的休憩之所。我真不走运。我正在变成一块皂石。我正在变作一个玩偶。

有时候我会给我妻子打电话。当她拿起那头时，我就搁下我这头，或是像报上写的那样，粗重地喘一口气。

所有电话都受到内务安全部门的监控。

在玛莉莲的电话机下面，我粘了一支自来水笔。如果她发现它，她会把它当作窃听器。如果库切发现它，会以为是阿姆科金属防护挡板上的一颗小炸弹。

昨天玛莉莲没有接听。我放下听筒，听着电话脉冲的嘟嘟声穿越城市，穿过郊区，穿过我付过钱的房子的墙壁：四十、六十、八十。真奇怪，我暗自思忖，不对劲：我要采取行动！我脑袋一阵阵跳动。深藏的静止的水又泛起涟漪。我走进午后炎热的阳光里，心中既紧张又激动，四周的空气里尽是 Right Guard 牌子男士除汗剂的香味。我飞快而小心地开车，不顾任何嘲讽。虽然穿着厚底鞋，我还是身手敏捷。不出三十分钟，我就到了家门口。玛莉莲的大众车停在老地方，屋侧的车棚里。我蹑手蹑脚地溜到屋子后面。有一本小说，讲的就是一个房主，因为偷窥他老婆而被捕。我从卧室窗户偷看进去。玛莉莲正坐在床上，穿一件便衣，翻看着一本杂志，里头那些欢快的、健康的图版（夏士莲、可口可乐）在她的手指下翻动过去。房间里安静得出奇，就如她那水族箱一般。我的心早已飞到了她身旁。我渴望从窗玻璃里伸进一只手去。在火热的骄阳下，我蹲伏着、注视着，希望邻居不要察觉我。

我继续在夜里做着梦，那陈腐而透明的结构无助地被我的小刀揭开,告诉我我早知道的一切。我不时地在一张床上浮现。我妻子躺在床上,蜷曲着身体睡着。她是我的肉中肉、骨中骨,可对我却毫无作用。

昨夜我梦到了家,那个真实的家。在那上了门闩的大门外,我度过这孤苦伶仃的最后一年。那些越南相片上的人从朦胧的、暗淡的背景中向我飘来,士兵们一张张鲜活的笑脸,囚徒们冷漠死板的容颜(我不喜欢孩子们的照片)。我舒展开我的右手,带着心满意足的、被解放的欣快感。我那几根富于表情、意味深长、充满爱意的手指,从指节上合拢,但是什么也没握住,就像在人的头脑里虚幻的梦境中伸手抓握一样。我多次重复了这个动作,表示爱(敞开心扉,伸出双臂),表示失望(空荡荡的手,空洞洞的心)。我感谢这出梦境的坦白诚实,但同时又为情所困。我觉得似幻似真,半睡半醒。那些容颜又浮现了,在我的脑海中仿佛看见了他们的笑脸、迷离的眼神。我伸出手去,幻影消失了,我的心在那狭小的心房中哭泣。我查看了一下窗户。可在这个梦中,从来没有黎明。从他们的圣火中,那些魅影唱着歌曲,拖着我走啊走,走进他们虚无的幽灵世界。我被惹火了,任性地挣扎起来。悲痛越发剧烈地撕扯着我,到最后,伤心成了一种常态,成了一个被抛弃的孤儿。要说还有什么事情难以忍受,那就是给我灌输什么教条。

这是在无趣的床上做的乏味的梦。好几个晚上,玛莉莲飘进我的梦乡。我钩住她,搂着。肉像雪花般飘落,却全无血迹,随后她飘走了。我用手指去触碰她的胳膊,那儿睡着的时候比醒着的时候要暖和,细胞似乎有一种冬眠的狂喜。那个关在老虎笼子里的人用黑色的眼睛向我瞥了一眼。我朝他伸出手去。

四

我对自己感到惊讶。我真的可以有所作为。看来,这毕竟不是一件很难的事。

我在(让我们瞧瞧我是否可以运用合适的夸张)有一万人口的赫斯顿镇的郊外汽车旅馆里写作,或者是达尔顿,那个我出生的加利福尼亚州圣贝纳迪诺山脉山麓的城镇。我写作时精神振奋、思路清晰。我身边的一切都具有令人心旷神怡的真实感。如果我向上移动视线并略微转向左侧,那么穿过窗户和院子,我会看见远山的蓝天白雪。一天之中,始终有鸟儿的歌声落入我灵敏的耳朵。我不知道这些鸟的名字,但我相信,只要给我时间,就可以从书中或知情者那儿了解清楚。昨天,我们(我和马丁,我为了讲一讲马丁)首次在林中漫步。那儿,我们瞧见一只有猩红色项圈的小鸟。它的歌声恰似哆咪咪。叫不出名字,我们干脆叫它哆咪咪鸟。马丁似乎很高兴。他坚持走完了全程。通常他会抱怨太累,要大人背他。那都是他妈惯的。如果把孩子们当作小孩对待,他们永远都不会有出息。和我在一起,马丁简直就是个小男子汉。他以他父亲为荣,并希望像他一样。这趟散步让他双颊放出光彩。我们在黄昏时分回家,然后饱餐一顿(煎饼、冰激凌、橙汁三样)。我喜欢看到小孩子津津有味地吃饭。马丁的胃口一向不好,这又是他妈宠他的恶果。

我们在这儿住，登记的名字是乔治·布伯①和他的儿子。我总觉得布伯这名字挺逗的，而且能有机会用这个名字玩一把也很开心。我的驾照就没那么方便冒名顶替了。然而，我转念一想，我之所以如此谨小慎微，只是因为我小心惯了。玛莉莲可不会报告我们失踪了，使自己成为众人的笑柄。

我认真思考了一下，认为既然我不在家，也就不必介意玛莉莲在做什么。我明白，斩断关系毕竟也不是什么难事。我能对自己讲清楚这句话就行："你得打一个包。你得牵着你儿子的手走出房子。你得兑现一张支票。你得背井离乡。"于是我就会这么干了。给自己下达命令不过是对我唯命是从的习惯开个玩笑罢了。传说三十三岁是割断纽带的合适年龄。玛莉莲会枯萎，因为我把投在她身上的一切一笔勾销。库切也会死去，尽管不大可能。

我现在发现，对我而言，更重要的是名称问题，而非婚姻问题。和知识分子圈子里的许多人一样，我对各种关系很在行，对名称却不太熟悉。想一想林中的燕雀。它们彼此之间的关系十分简单，它们与其他对象之间的关系也一样。因此，一个人就容易忽视燕雀，而去关注其他具有复杂关系的东西。这是对事物主体采取的不幸的专制方法的一个例证。去了解这些燕雀的学名，和了解许许多多种植物和昆虫的名称，是有益的校正的方法（哺乳动物的名称我

---

① 原文 Boob 为俚语，意为"笨蛋""傻瓜"。

在孩提时已经掌握了）。我觉得昆虫很迷人，甚至比鸟类还让人着迷。它们在活动中养成的千篇一律的习性给我留下了深刻印象，也许我本来应该当一个昆虫学家的。

无疑，接触现实会振奋人心。我希望与现实长期而坚定地交往，如果我能办得到，这将会对我的性格和健康产生好的作用，乃至于提高我的写作水平。我希望我能更好地看见那白雪皑皑的山脉，假如，就像前面提及的，我把眼睛往上转并把视线稍稍移向左侧。（如果我直视前方，我只会在一面令人窘迫的椭圆形镜子里看见自己的脸。在这个把你缩小变形的玩意儿面前，我觉得自己多多少少还算体面。）我欣赏抓拍知了、荷兰榆树病真菌以及黄鹂（仅仅列举三个名字），并把它们编成长长的、密集的相片的本事，因为它们使读者对复杂的自然现实有清晰的了解，而我自己正处于这现实之中。在我手边有两本了不起的书，《赫索格》和《沃斯》①。我花了好几个钟头分析这两部作品，试图弄明白它们的作者在书里玩的把戏，即通过镜子赋予小说独白一种真实世界的气息（这两位作家和我相比也不过如此。我日复一日地单独坐在房间里玩着文字游戏，如同蜘蛛偷偷编织它的网络——这意象不仅仅属于我一个人）。一本普通名词词典似乎是必要的前提。也许我生来并不是当作家的料。

---

① 《赫索格》(*Herzog*)是美国小说家索尔·贝娄(Saul Bellow, 1915—2005)的小说。《沃斯》(*Voss*)是澳大利亚小说家帕特里克·怀特(Patrick V. M. White, 1912—1990)的小说。这两位作家分别是1976年和1973年诺贝尔文学奖得主。

马丁在我身旁的地板上安静地玩耍着。他没吭一声就习惯了汽车旅馆的生活。我们一起睡在双人床上,他睡他那头,我睡我的。他喜欢这种安排,而我为了他的缘故也就忍了,尽管和小孩睡觉总是不得安宁。吃饭问题则在隔壁的路边饮食店解决。虽然把汽车旅馆和饮食店编成长长厚厚的相片并不容易,但我觉得终究是往正确的方向迈了一步。我也能在我写作的房间里试着再编些什么。我坐在床边,伏在一张小小的书桌上。这样坐不舒服,但我想达尔顿(或是赫斯顿)的汽车旅馆还不大可能提供写字台呢。墙上那面椭圆形的镜子,我已经提到过。

马丁正把一个玩具拼起来,装好以后你可以看到熊妈妈(系着方格围裙、肥肥的手掌)正在门槛那儿向熊爸爸(钓竿、草帽)、小熊泰迪(捉小虾的网兜)和苏茜(野餐篮子)挥手告别。它们正穿过花园小径,走向灿烂的阳光。玛莉莲和我至少还想到给马丁一只苏茜小熊。就像亚当在得意的时候一样,他还没有体味到一个人的孤独滋味。当马丁和这熊的一家子玩够了以后,他会再读一遍蜘蛛侠的历险故事,或者在我汽车的方向盘后面玩玩,想象着和别人比赛开车,直到吃中饭的时间。而我则在一边继续我的写作。我已经和马丁讲清楚,上午我没空陪他。下午,我和他去林中散步,然后我也许会请他吃点东西。

接下去,我打算去和洗衣店谈谈。

在达尔顿待了四天,马丁就开始哭哭啼啼了。从衣橱的门到一个画架的钩子之间悬着一根绳子,洗好的衣服都吊在上面。每次女佣一来,我就把衣服塞进抽屉,收下绳子。我的内衣发出一股霉味。这种日子当然不能让人满意。然而,我不准备在好管闲事的市民的目光注视下躲在自助洗衣店里头,等着洗衣机把衣物甩干。

马丁想要他自己的玩具。他想要知道我们待在这儿是做什么。他想要知道我们几时回家。他的这些问题,我答不上来。有时候他会哭,有时候他会闹。当他哭闹太凶的时候,我就把他关在盥洗室里。也许我太厉害了,可我并没有失去理智。在我们最初平静了没几天后,我觉得我又要精神崩溃了。我把这孩子从一个反复无常、歇斯底里的女人手里救了出来。那女人把他看作傻瓜,可他对我来说只是一个负担、一个累赘。难道就没有某种热情洋溢的话语能使这孩子相信,不论我似乎有多鲁莽或专制,但我的动机是真诚的吗?还要我怎么大喊大叫、吹胡子瞪眼,他才能明白这一切都是为了他好,相信我对他的父爱,理解我只希望他过得开心,不要以后像我这样不幸?

他正睡着,大拇指含在嘴里。这象征着不安全感。

在这地方,我应该高兴才是。我终于摆脱了纠葛。没人对我指手画脚。我的时间我做主。可我还没有彻底解放。虽然我希望自己在鸟鸣、父爱和午后漫步的作用下能进入一种无言的状态,直到达到心无旁骛、沉思默想的境界。可我却发现自己不过是坐在汽车旅馆里,满脑子的幻想,等待着什么。我们两个里头,究竟是谁在行动之后又像以前那样爱发牢骚呢?我真正的理想是(我的确相信这个)心灵永无止境的交流,一颗心读着另一颗心,无穷无尽。是行动意志受到阻碍,使得战争以及我的战争话语来毒害我吗？假如我是个当兵的,踩上我学术想象中的越南,是否可以使自己得到解放？我祈求死神降临到那些行动者的头上。自从1965年2月以来,我一直在支付他们的战争花销。我知道,我知道,我知道从骨子里吃掉我男人气概的是什么,吞掉本应滋养我的食物的是什么。它是个东西,一个孩子,但不是我的孩子。一个小孩,曾经躺在我的身体中央。它吮吸我的鲜血,靠我的废物成长,而如今,1973年,它已变成了一个邪恶、愚蠢的男孩,在我空空的骨头里伸展着四肢,笑嘻嘻地用牙齿啃着我的肝脏,把可恶的污物拉在我的体内,还赖着不走。这一切该结束了! 我要得到解救!

一辆、两辆汽车正开过来停下,现在不能确定时间。至少有四扇门,打开、关上,发出咔嚓声。在这个乡下地方,一切都听得清清楚楚。我的客人们来了。首先,他们会试着和我交谈。如果那个不管用,他们就要对我动手了。我准备好了,也就是说,我正站在窗帘后面,直冒冷汗。我还不习惯暴力。

他们正穿过院子走来,脚步很轻,有些轻得我辨不出来,而且还在嘀咕着什么。他们一定在讨论行动方案。

好在我机智地先发制人。还不等他们敲门,我已经把门打开,露出一点脸色,警觉而又坦率。他们和我想象中的一个模样,都是穿着制服的高个子。在他们当中有个穿白雨衣的女人,那一定是玛莉莲了。似曾相识的感觉悄悄罩住了我,我沉浸其中,心里有一丝快意。

玛莉莲的脸有点不大对劲。月光下看不真切,可她左半边脸好像肿着。肿胀的地方在动，她正在交谈。不过我对她的这种谈话从来没兴趣。我等着。我本想打断她，说声对不起。可那样我的优势就失去了。于是我继续等。她站在那些猛男当中，身材高挑，金发碧眼，深色的皱纹清晰可见。我们结婚的时候，她可是个穿着泳装、高傲矜持的模特儿。她的头在交谈中愤怒地转动着。我希望她能被人欣赏。对我老婆，我不是一丝骄傲都没有。只要她离我远点。

可这该死的谈天！我现在总算听见了，简直就是无聊的争吵，怒不可遏、单调乏味。我可不想要这种交谈。我可不想在陌生人面前出洋相。我了解玛莉莲的德行。当她发脾气的时候，完全就不可理喻。"求求你走吧，玛莉莲。"我说。我的嗓门细声细气的。今儿晚上，我似乎没法从胸腔里发出低沉的声音。"请你还是走吧。"我耐着性子，疲惫不堪。只有一小会儿，我的声音盖过了她的。"让我们好好休息一下再讨论吧。今天晚上我实在没心情谈这个。"我是忠心耿耿的父亲，忠于职守，是这熟睡中的孩子忠诚的监护人。这窘迫的境地让我伤心。我希望这些男的别听她的。他们当然明白老婆是怎么回事、吵架是怎么回事。两个男的站在她的两侧，另一个家伙站在她身后。

她正在讲明她的来意，声音刺耳、情绪激动。隔壁房间里的人会被她吵醒的。起码的动机：我希望从这闹剧中解脱。"走吧，"我抹起眼泪，"走，让我一个人待着。我没请你来这儿。我再也无法忍受你那种日子了。"

她又说了些什么，包括"让我进去"。这是其中四个字。

"马丁现在挺不错，"我告诉她，"我不想在晚上这个时候还无缘无故地把他叫醒。真的请你走吧。"我一下子把门关上（我就等着关门）。门缝卡到了她的手腕，但并不重。我看到一只白色的手抽了出去。

现在另一只手狠狠地打在门上。"尤金·唐恩吗？"又叫我的名字。关键时刻到了，我必须勇敢。"是我。"我沙哑着回答。（"我"是什么意思？"是我"，还是"什么事"？）"我们是司法部门的。麻烦你开一下门。"他们说出这样厉害的话可真是不费劲啊。这当然是在威胁我，如果还没动粗的话。"不。"我说，但我不能肯定他们有人听到了。"请开门。"对方又说了，声音洪亮、确定，还算客气。上帝保佑警察。我把嘴贴近门缝，答道："你们为什么要我开门？"这样的话可以永远讲下去，"我怎么知道你们是谁？"一个傻乎乎的问题。我希望收回这句话。

"您是这位夫人的先生吗？玛莉莲·唐恩女士？"

"没错。"

"你房间里有个孩子和你在一起吧？"

"对的，是我的孩子。"还在对话。

"我们是法院的。这里有一份庭谕。法庭命令你立刻让你妻子见这孩子。"

"没门儿。"

我想说一点比这个一成不变的"不"更动听的话，但我认为不太控制得了自己。假如我给门口那个猛男开门，让他看看里头没什么不对劲，而我是个模范护理，那个谈到的孩子也胖乎乎的、十分开心，正心满意足地酣睡着，这一定会让他们高兴的（不过马丁开始叫唤了，谈话声把他吵醒了）。只要玛莉莲离开这里，他要我做什么我都乐意。可她依然立在那儿，等着那些人替她出气，给我点颜色。我脸红了（我有这套充血的本事）。"就不，"我说，"不能在晚上这时候，不行，我不会开门的。你们请回，明早再来，我要睡了。"

门锁上了。那些人试图翻窗进来（看见他们在窗帘上的影子），并且彼此咕哝着什么。我一边盯着窗户，一边把马丁从床上抱起来，把他的头紧紧搂近我的肩头。"别怕别怕，"我对他说，"外头有几个人，他们一会儿就走的。咱们又可以睡觉了。"他啜泣着，那是他的习惯。他基本上还没醒。他的脚差不多到我膝盖这里。他长大后一定是个高个子。

于是我站在一间黑屋子的中央，外面警察们正在窃窃私语。哪部电影里也是这样来着？我真佩服自己的大无畏精神。兴许我还能是一条汉子。

一把钥匙插进了锁眼里。他们竟弄到了一把钥匙：从旅馆前台那里。

门开了，月光倾泻进来。我猛地瞥见我妻子，身边什么人都有，包括戴帽子的家伙。每个人都想挤进我的卧室。灯也开了，对习惯了黑夜的人来说实在是太亮了。可怜的小马丁就像一条鱼一样在我的臂弯里扭动着。我大声表示抗议。不过那明亮光线中的所有活动都停了下来，我也没必要如此迅速地思考了。我又喘气又流汗，而且，毋庸置疑，还有几许绝望。当人们说到一个身处绝境之人时，一定就是这个样子。

"行了,把那家伙弄走。"那个我还有点喜欢的、亲切、自信的声音说。此人正向我走来。他穿着考究的深灰色衣服,戴着帽子,还有些金属的玩意儿,搭扣啦、徽章啦,让人看着扎眼。在他面前,我有些惊慌,有些自惭形秽。蹲在一个五岁小孩后边,穿着半绿半白的睡衣(绿色使我显得苍老),裤子上的纽扣也不翼而飞了。我认为他们这样破门而入是不公平的,可我不能对他说这些,我说不出话来。我不愿意这么想,可我觉得我的处境真的很尴尬。幸运的是,我变得随波逐流,当我离开那孩子的时候,身体也十分麻木。我张开嘴,意识到,如果那也算意识的话,那两片冰冷的、分开的平板定是嘴唇,而那个小洞定是嘴巴了。当然还有一样东西,我能把它伸出这洞口,那就是舌头,一如我现在正在做的。我希望他们这样登门拜访,并不要我多说什么,因为除了身子麻木外,我还大汗淋漓、脸色煞白、目光呆滞。而且,以前我通常看作是我的意识的那东西正在飞快地消失,以几何级的加速度,根据某一个公式,从我脑袋后头逃离。我也无法确定能否继续坚持下去。我面前的那些人变得越发小了,因此也愈加显得不那么危险。他们还在倾斜着。按照惯例,我被允许记录下这些细节。

我还是忘了几句话。

不过假如给我片刻时间,我就可以从记忆中把它们补上,并且发现它们依旧在那儿回响着。

"……把它放下……"把它放下。这人要我把它放下。

这个人还在朝我走来。我完全失去了信心,飘离房间,甚至陷入梦幻了，以至于错过了一些话。等我回过神来，这人还在跨过地毯向我走来。真幸运。他们的确就像"闪现"这个词形容的一样。

就像拿着一支铅笔，我把小刀插了进去。那孩子踢着小脚，挥舞着双手，发出长长的、单调的、冷冰冰的声音。

那就是他正在提到的、叫我放下的东西。那是床头柜上的一把水果刀。我的大拇指头还没忘记注射的滋味。起初，它对抗着垂直的反压力，即便是孩子的皮肤，然后，"噗"的一声。我甚至从我的手听见了这"噗"的一声，就像在宁静的乡下，人们可以从脚底"听见"远方火车头的声音一样。有人尖叫起来。是玛莉莲，我的妻子，她也在这儿（我的头脑现在很清楚）。她不必担心，我很好。我在马丁身后跪着，从他肩头那儿露出微笑，表示一切正常。可我回过头来想想，我不敢肯定笑得是否正确，因为我一颗大牙露得太多，而光线又恰恰照在那上头。我紧紧地抱住马丁的前胸，以防他滑落下去。水果刀进去了，但由于刀柄的缘故，它不会插得更深了。

多么匪夷所思啊。我遭到了一记猛击。这怎么可能？我完全失去控制了。灯光在我的头顶上晃动着。我平生唯一不变的东西就是那地毯的气味。那地毯的气味哦：我过去小的时候，常常在炎热的午后躺在那儿，思索着什么。无论你身在天涯海角的何方，地毯的气味总是一个样，让人闻着舒服。

现在，我要遭受苦难了。现在，真的有人要伤害我了。多么不可思议啊。

五

我如今潦倒落魄到了这个地步（我逐渐适应了这儿，用明白的、实用的词说话）：我的床、我的窗、我的门、我的墙、我的房。这些词，我喜欢。我把它们放在我腿上，一边爱抚，一边把它们擦得铮亮。我钟爱它们中的每一样。既然来到了这里，我发誓再也不失去它们。它们在我的手底下静静地躺着：它们冲我眨着眼睛，为我发着光热。自从我到了这儿，它们就很温和。它们是我的果实，是为我生长的葡萄。它们是我树上的星辰。围绕着它们，我跳起缓慢多姿的欢聚之舞，跳了一圈又一圈。我活在它们当中，它们活在我心里。

这个简陋的地方是给要过简单生活的男人们设立的。这儿没女人，这是个清一色男性的机构。在探视的日子，女人才获准入内。可没人来探望我，我也没什么访客。我同意医生们的意见：我需要休息和有规律的生活，而且暂时需要一个悔过自新的机会。在大多数事情上，我和我的医生都意见一致。他们为我的康乐操心，想要让我好起来。我尽我所能配合他们。我相信，我对我的房间全神贯注投入的爱，就是在配合他们。形成稳固的感情，是我治疗的一个部分。一旦我被放到外面的世界，我肯定又会忍不住把情感转移到新东西上去。眼前我在想着一套公寓，一套一居室的公寓，带能烧饭做菜的小厨房，以及满足我其他需要的浴室。

不过这都是后话了。在我被开释之前,我必须屈服于我的罪行(犯罪就是犯罪:我不会因为直言不讳而感到羞愧)。我已经没完没了地和我的医生们讨论过去年夏天发生的事情,而且现在打算给出结论,就是当警察闯进来的时候,我太惊慌失措了。毕竟,我不习惯于应对暴力。恐慌是自然的第一反应。那就是我当时的情况。对于我正在做什么,我是一无所知。除此之外,我还能怎么解释伤害了我自己的孩子、自己的骨血呢?我非我也。从最深的层面上讲,那个拿刀捅了马丁的我并非真正的我。我的医生们,我想,是同意我的看法的,或者我的观点可以说服他们。然而,他们的想法是,在以前的萌芽状态时期,早就应该对我进行诊治,并持续到今天。我可以理解这种论点的合理性。所有性格上的瑕疵,都是培养教育的失误造成的。因此,我们当下正在谈论我的,而不是马丁的童年。不过,我想让马丁知道,我非常后悔自己在达尔顿扮演的角色,我的所作所为。我不仅悔恨我的行为,也懊悔我和他失去的一切:在达尔顿,我相信,我们平生第一次幸福欢乐地在一起。我高兴地回想起我们在林中漫步的场景。他那天真无邪的笑声依旧在我的耳畔回响。我想他是爱我的,彼时彼刻。至于我对他做的那件事,我感到遗憾。我感到痛心,但不觉得愧疚:因为我知道,如果马丁了解我当时所承受的压力,他定会原谅我。而且我还相信,负疚自责是人的头脑中无益的素质,对促进我的治疗毫无效果。

　　至于玛莉莲(总结一下过去),我们一致认为,我的健康状况实在太不稳定,不允许我老是想她。我有一次写了封信,那是一封非常镇定克制、心平气和的信,也许那是药品起的作用,但最终没有寄出。我很高兴不用去想玛莉莲了。我生活中大多烦恼皆因女人而起,而玛莉莲显然是我最糟糕的错误。

过上有规律的生活很重要,因为只有按照规律,我才能康复如初。在我现今的生活中,不确定的因素太多了。我的本性是按部就班、循规蹈矩。无论我去哪儿,总是试图带去规矩和条理。可别人总是误会我。在我写越南的文字里,我也力求如此。虽然只有一线希望,我还是期望给那片动乱的地区带去秩序,但最后一事无成。而我现在心神不宁、满盘皆输,已经没有心思想那些了。

我那只小闹钟(本菲特牌,巴黎货)倒蛮管用。护工每天早上六点来巡房,给那些死鬼洗漱。当然,这不包括我。我把闹钟定在早上五点四十分,这样,当他们来巡房的时候,我就已经刷过牙、梳过头发,一切搞定后笑眯眯地迎候在门口了。他们喜欢那样子的病人。我不惹麻烦。我是友好合作的典型。因为我明白,这儿的饮食起居,以及我所得到的帮助,目的都是为了治好我,使我重新过上充实的日子。对此,我深信不疑。我的思想是积极的。

我不在餐厅吃饭。我有资格这么做,我已经告诉我的医生,在现阶段,这样对我不好,他们也表示同意。和其他病人闲聊的想法并不让我感到舒服。他们是因为五花八门的缘故到了这儿的,三教九流,什么人都有。许多人没有体面的衣服,穿得不伦不类,也不在意自己的外表。一板一眼的生活没有给他们带来任何益处。有些人年纪轻轻,却已经堕落。我不愿意和他们有什么牵扯。而且，我不想讨好其他病人。他们会因为我装腔作势的姿态而嫉恨我。我已经慎重地把这一切解释给我的医生们听，他们表示理解。

我想得益于这种有规律的刻板生活，但是不想被它给害了。一成不变的日子不错。纪律对我有好处，锻炼也有好处，而做木工则很有好处。给我身边建立简单、体面而有规律的生活实例，对我绝对有好处。我喜欢站在窗前，注视着那个小小的花园。在那儿，不当班的保安们聚在一起，抽着烟，聊着天。他们是一群身材高大的猛男，脸孔绯红、笑声爽朗。他们身着深蓝色的制服，而护工们穿的则是浅灰色的。他们还有闪闪发亮的皮带和搭扣。在我小的时候，我爱扮成当兵的，穿着制服，屁股后头还别着一把手枪。比起牛仔来，我更喜欢士兵。我想象着和日本鬼子打仗。虽然我没有真的当过兵、扛过枪，但我的确成了一位对战争科学做出显著贡献的军事专家。我想，如果那些保安知道这回事，他们定会对我刮目相看的。他们是强壮而平凡的男人，在武装部队中为国效力。我对他们深表崇敬。反之，也希望他们能尊重我的军事成就。而让我痛心的是，如今我竟然只是他们口中一个无足轻重的代码。我是一个号码，但我绝不是一个无用之徒。在我最初到这儿的几天，我试着在我的过道上和那个保安建立友谊，让他明白我究竟是谁，以前干过什么。可要让这些家伙理解我谈何容易。我猜，他们老是受到精神病人的纠缠。因此，他们不过是例行公事般地点点头，再哼哼几声，根本不想听你讲什么。他们已经把这个升华成了一门艺术。也许，是某个专家替他们发明这一套的。他们都这样。

但我必须留心，不要话太多了。我不想成为那种被迫向每一个路过的陌生人乞求谅解的可怜虫。对于身陷精神病院，我并不感觉特别的羞愧，我也压根就不想感到羞愧。我不觉得难堪的原因，当然是因为比起那些长病号来，我有较好的个案病史。在我崩溃之前，我没有任何精神疾病的记录，而且自打来到这儿后，举止也一切正常。每个人都认为，我是突发的心理崩溃，即轻度精神错乱的典型。我被送来此处，目的就是大家一起找出我崩溃的缘由，以绝后患。就我而言，我相信类似事件再也不会发生。不过我明白，为了大家，还是牢靠些好。而且，我也赞同探究人的自我的事业。我对我的自我颇感兴趣。我想要白纸黑字地弄个明白，为什么这个自我如此劳神费心、烦恼不安。如果我的医生们不能给出更好的解释，而只是说工作过劳和神经紧张导致我心理崩溃，那会让我失望。这种"精神压力"的诊断说明不了什么问题。例如，为什么这种压力当时竟驱使我几乎把我所挚爱的孩子置于死地，而没有驱使我选择自杀或去喝个烂醉？目前，我们正在研究一个假设，即我的崩溃和我的战争背景有关。正如我对所有的理论论证都持豁达的态度一样，我乐于接受这一理论，但我不相信这个理论能证实我崩溃的真正原因。

我当时倒应该让我的医生们看看我写越南的文章。作为专家，他们或许能从中侦测出什么作者视而不见的征兆或倾向。可是在达尔顿灾难事件后的一个时期，我公文包里的所有文书，包括那二十四张照片，都被肯尼迪学院那方提走了。我再也看不到它们了。但我有一份美好的回忆。也许，就在这一两天，当我身体好些的时候，我会再次拿着一叠稿纸坐下来，重新构思所有那些句子，被它们的正义力量所感召。那些句子是我在"新生活计划"中的一部分，是库切不敢向上头提交的东西。

我应该早就预料到他的背信弃义。我在肯尼迪学院的最后一周，有天晚上，正当我在图书馆外跨出我的车子的时候，一个陌生人试图夺走我的公文包。他从我身边擦肩而过。此人驼背，脚步匆匆。我感到公文包被猛地拽了一下。但我不是那种轻易松手的人。"对不起。"这个男的低声说道（他为何要那么说？那是他训练的一部分吗？），随后就从停在那儿的车子当中溜走了。我愤愤不平地怒视着，但毕竟还谈不上情绪激动。

我不会弄错这张脸的。我对它很熟悉：即便不是那一张，我也知道它所属的类型。它属于用长焦距拍的人群的相片，然后把它放大，直到那被修剪过的头发和黑洞洞的眼窝的模糊轮廓从站在人群后面的那些暴徒和密探中浮现出来。在那些纽伦堡①的胶片中，那些绷着脸、低额头的家伙似乎渴望着逃出光亮，回到阴冷潮湿的牢房里去。在最后的日子里，我被这么一个穿着黑色风衣和软皮皮鞋的宵小之徒盯梢着走过阳光普照下的拉霍亚街道。我想象着。

对于这些想要用最少的文本材料来阐释我的医生，我

---

① 纽伦堡（Nuremberg），德国主要城市之一，位于巴伐利亚州。1945年11月至1946年10月，国际军事法庭曾在此审判纳粹德国战犯。

的心中只有同情和怜悯。我一直在竭尽全力帮助他们。但我没忘记我是个病人,因此让我在诊断我病情的过程中扮演一个过于积极的角色的确有些放肆。所以,当我们小心谨慎地调查我像迷宫般复杂的历史的时候,如果我发现一条小巷,在它的尽头有着光亮、生气、自由和荣耀,我也会抑制住我急切的呼喊,跟在那些善良却盲目的医生身后继续吃力地前行。我怎么能确定如果沿着我那条光明的幸运小巷走的话,由于小巷的曲率微乎其微,我们根本无法分辨,我们不会最终浪费时间兜了一个大圈子?或者,我怎么知道他们那顽强的蠕行不会有一天把我带到花园的门口?

他们肯定会自问,这个家伙有一份蛮有创意的工作,而且在里头倾注了大量心血,怎么会竟然幻想被禁锢在自己肉体之中?婚后生活怎么会如此悲哀,以至于想要杀死他自己的孩子?这些材料怎能在同一本病案中共存呢?我的医生们真的有点犯晕了。我注视着他们时髦的猫头鹰眼睛一样的镜片后面恳切而真诚的眼睛:他们真的想要了解我,他们在家里的真皮扶椅上研读病案,年轻漂亮的太太在厨房里,孩子们和玩具小兔一起睡着了——这些我全知道,谁让咱们是难兄难弟呢?——我本人也会成为一本搁在书架上的病案,那么他们自己的死亡之梦也可以平息了。我注视着他们的眼睛,想:你们想知道我工作的动力是什么,当你们弄明白后,就会剥离它,将我抛弃。我的秘密使我对你们有价值,也令我坚强。可你们真的会赢吗?每当我想到我这颗隐藏着秘密的心时,我便会想起某样闭合的、又黑又湿的东西,就像,比方说,厕所里抽水马桶水箱里的小球一样。它密封在我的胸腔这个珍宝箱中,暗红的血液轻轻拍击,它无休止地运动着,永远不死。

他们在检测的假设是:与战争策划的密切接触使得我对痛苦变得麻木不仁,使得我用暴力的手段来应对生活的困扰,同时,我还染上了负罪感,我身上神经质症状的发作就是其体现。

当轮到我的时候,我指出我和任何人一样极为憎恶战争。我之所以投身这场对越南的战争,仅仅是因为我想亲眼看见它结束。我想给冲突和叛乱画上句号,这样我就感到高兴,大家都会高兴。如果叛乱被平定了,我们就能和美国言归于好,重新幸福地生活。我相信生活。我不想看到人们抛弃生命。我同样不愿看见美国的孩子们被负罪感毒害。负罪感是一剂黑色的毒药。过去,当我坐在图书馆里的时候,我常常感到这黑色的负罪感流过我的静脉,咯咯作响。我正在被它淹没。我已不是我自己了。它让人难以承受。罪恶正通过有线电视的缆线潜入我们家中。从最黑暗的角落里,那只野兽的玻璃眼球正怒视着我们进餐。可口的食物正经过我们的喉咙被扔进腐蚀的水坑。去忍受这样的折磨不合常理。

我把这些都告诉了我的医生们,一边兴奋地扫视着四周,一边用清脆响亮的调门说话,甚至我自己都觉察到了我的歇斯底里。他们让我镇静下来。午饭后我吃了胶囊,睡着了。

我的照片不见了。在它们被窃取之前,我拍下了那些折磨我的家伙最恶劣的形象。我绝不会忘了他们。我也绝不会搞错。在法庭上,我一定会把他们逐个指认出来。我会看着他们下地狱。就像我过去常做的那样,在梦境中找见他们,可我不再做过去一样的梦了,他们也不愿在我梦中出现。我在这些围墙后头,我的医生们在我身边。我像城堡一样坚固,他们知道无法突破我的防线。在发起攻击前,他们一直守候着,等待我离家出门。遵照守则,他们不会在一个更强大的敌人面前暴露自己。在这儿,我是安全的。可黎明时分,在我寄宿的房子里,或是一个炎热的午后,在我那周围栽满槠木的小套间里,当他们眨着黑眼睛、安详地微笑着走来时,我该怎么办?我用尽一切精神力量努力追思他们,因为我必须在我势强而他们势弱的时候面对他们、压倒他们、降伏他们。如果我的照片还在,它们就能给我提示,事情会好办得多。我尝试采用随机推想的方法。我把闹钟定在清晨四点,因为干扰睡眠可以激发梦境,有助于回忆。今天早上,我有一种很酷的感觉:一条大腿抵着我的大腿。我从幻境中醒来,发现嘴唇上有微笑。今天上午面谈时,我会提出这个片段。对我的医生们来说,这极有帮助,因为我记录下我的梦,而我确信,有关女人的梦和有关越南的梦一样,对我的治疗十分重要。我拥有研究神话的背景,因此我的洞见总能时不时地让他们吃上一惊——在这儿巧妙地凝缩一下或在那儿奇特地移情一下。我想他们肯定发现我是一位不同寻常的病人,一个能和他们平等交谈的人。能给他们的生活带来一点慰藉,我很高兴。

我正热切地企盼着再一次直面人生,但我并不急于从这儿出去。在我抵达我的故事尽头之前,我的整个童年依然有待研究。我的母亲（迄今我还未提起过她）正在夜色下展开她吸血鬼的翅膀。我的父亲正在外当兵。而在美国心脏的一间小隔间里，我沉思着，沉思着，角落里是我的私人盥洗室。我深深盼望着能弄清楚我是谁的过错。

1972—1973

雅各·库切之讲述

S. J. 库切编著,附后记

J. M. 库切 译

重要之处在于历史之哲学。

——福楼拜①

译 者 序

《雅各·库切之讲述》系先父 S. J. 库切博士为凡·普列登堡②协会撰写,于 1951 年首次出版。本书包括《讲述》一书的文本和一篇序言。序言取自先父于 1934 年至 1948 年间在史泰伦博斯③大学开设的一年一度的关于南非早期探险者的系列讲座课程。

---

① 福楼拜(Gustave Flaubert,1821—1880),法国小说家,代表作为《包法利夫人》。

② 凡·普列登堡男爵(Baron–Joachim–Ammena Van Plettenberg,1739—1793),尼德兰贵族,1774 年至 1785 年间任荷兰开普敦殖民地总督。今南非东海岸的普列登堡湾即以他的名字命名。

③ 史泰伦博斯(Stellenbosch),位于南非西开普省,风景优美,是葡萄酒生产中心。

本书系对用荷兰语写的《雅各·库切之讲述》和用南非荷兰语写的序言的完整的英译。我冒昧地擅自将《序言》改为《后记》放在了后面，并将雅各·库切于1760年所作的证词作为《附录》一并收入本书。其他所做的变动，一是恢复了先父在《序言》版本中删去的两三段文字，二是将纳马夸语写成标准文字。

　　我在此谨向以下诸位致谢：凡·乔戈姆博士，他对本书的译文提出建议；凡·普列登堡协会和 M. J. 波戈特夫人，他们帮助打印了文稿，以及南非国家档案馆的职员们。

　　亚当·维吉南是个混血儿，可他竟不识羞愧，在五年前打点行装套上牛车进城到卡拉纳县城去了。人们都知道他打哪儿来，知道他母亲是霍屯督人，擦地板倒垃圾，叫干什么就干什么，一直到死。可他坦然面对困境。卡拉纳县都是些淳朴的老乡，人们接受了他，给他帮助。现在，亚当·维吉南，当年那个贫妇的儿子发迹了，有一万头牛，有勉强才照管得过来的大片土地，还有一大群女人。随着他们这些人发迹，我们却破败了下去，两者之间的差别越来越看不出了。当年霍屯督人蹭到后门，乞讨施舍一小块面包皮，而我们则身着银质护膝，制酒出售给东印度公司①，那些日子都一去不复返啦。我们当中有些人也过起和霍屯督人一样

---

①　东印度公司，此处指荷兰东印度公司（1602—1798），1602 年特许成立从事殖民业务的组织。

的日子来了。在草场的草啃尽之后,卷起帐篷,跟在牛群的后边,去寻找新的草场。我们的孩子和仆人的孩子一块儿玩耍,谁能说孩子们是谁在向谁学呢?在艰难的日子里,还怎么来维持尊卑呢?我们学会了他们的生活方式,跟在牲口后面四处放牧。同样,他们也学了我们的生活方式,抛开身上的羊皮,人模人样地穿戴起来。要说他们还是有点儿霍屯督人的味儿,我们当中有的人也同样有霍屯督人的味儿。在罗杰疏林草原,整个冬天都得待在帐篷里,天气太冷,离不开火炉,桶里的水结着冰,除了粗麦饼和宰羊,没什么别的可吃。很快,浑身上下就满是霍屯督人的味儿了:羊膻味和燃烧刺灌木的烟火味儿。

唯一能把我们和霍屯督人分开的鸿沟是我们的基督教信仰。我们是基督徒,一个有历史使命感的民族。他们也皈依成了基督徒,可是他们的基督教信仰不过是一句空话。他们认为受洗礼是获得庇护的一个法子,他们可不傻。他们很明白,只要指控你虐待基督徒,便能获得同情。除此之外,当个基督徒还是异教徒对他们全是一码子事。如果礼拜天做礼拜意味着接下来就可以大吃大喝一整天,那么他们很乐意唱唱你们的赞美诗。对于身后之事他们全无感受。即使是最最野蛮的布须曼人,宗教观也比霍屯督人强。霍屯督人只顾眼前,毫不关心自己从何处来,也不在意向何处去。

布须曼人则是迥异的生番,是充斥着野性的兽类。在产羔季节,有时狒狒会下山来恣意满足贪欲,它们攻击母羊,啮咬小羊的口鼻,扯碎前来增援的狗的喉咙。这样的事发生之后,你得去疏林草原处理那些受伤的羊只,一次有上百只呢。布须曼人的天性如出一辙。要是他们对一个农场主嫉恨在心,便趁黑夜潜入农场,把羊只尽可能赶走,剩下的就加以残害,把羊身上的肉一块块割下来,戳瞎它们的眼睛,挑断它们腿上的筋腱。他们一如狒狒般残酷无情,对付他们的唯一办法就是对他们像对待野兽一样。

就在几年前,匹凯特堡还聚集着布须曼人。有两个部落,其中一个部落由一个叫作单摩的生番率领。人们记得他一直都在袭击义勇队①,这可是个危险人物。当夜幕降临时,他和他的那帮人常常会溜进农舍旁的园子,大肆劫掠起来,到天破晓时分就早已消失得无影无踪了。对于布下的陷阱,布须曼人十分谨慎小心,通常不会上当。尽管如此,有一个叫吕倍克·卡思迪尔的农场主有一次还是得手了,而且干得十分精彩。他的农场上有一眼泉水,布须曼人一直都去那里饮水。他知道后,便在俯瞰泉水的山岩顶上安放好一杆枪,枪筒里面灌上几大捧火药,装好大号枪弹,再填满砟石,然后用一根绊线把枪和一只烟草袋连接妥帖(布须曼人抵挡不住烟草的诱惑)。第二天一大清早,他就听到在山那边轰隆隆一阵爆炸声。枪炸成了碎片,一个布须曼男人的脸已经炸飞了,还炸伤了一个布须曼女人,她伤势严重,动弹不得,另有一条血迹一直延伸到山里去了。农场主没有去追,怕中埋伏。他把那个男的用绳子捆在一棵树上,把女的绑在柱子上,以示警告。这个地区还有一个农

①　义勇队,南非由市民,或者市民与士兵组织的队伍。

场主同样也布下了这么个圈套,可是那个单摩实在太狡猾了,他把绊线弄断,把烟草取走了,或许是他已经听说了那件事。他们常常在附近出没,他们能整天奔跑,像狗一样不知疲倦。在迁徙的时候,随身什么也不带走。

要杀死一个布须曼人,唯一可靠的办法是要在开阔地上。你骑着马,可以一直把他追垮。但步行的话,你可逮不住什么机会。他对枪支的性能了如指掌,始终躲开在射击范围以外。我步行抓住的唯一的一个布须曼人是个老妇人,又老又病,走不动了,被族人遗弃在一个山洞里。他们跟我们不同,从不照看年迈的老人,当老人跟不上时,就留下些许食物和水,让他们去听天由命了。

只有像猎杀豺狼一样捕猎布须曼人,才有可能把一片乡野扫荡干净,这需要耗费许多人力。最近一次就动用了二十个农场主和他们手下的霍屯督人,总共差不多有二百号猎手呢。我们让霍屯督人横排成大约两英里长的队列。天一放亮,就命令他们沿着山的一面坡往上搜索。我们都骑着马埋伏在山另一边的一个小峡谷里。我们知道在附近会有布须曼人,因为好几个月连着丢失牲畜。很快,一群布须曼人就从山坡上奔跑而下,这次行动不是单摩那群人,而是其他部落的人。我们一直等他们进入开阔地带,等霍屯督人到达山脊。因为在多岩地带布须曼人可随处藏身,躲到岩缝中就像凭空消失了一般,等到一支箭从背后射中你,才会知道原来他就藏在那儿。我们就这样等着,等到他们逃避开霍屯督人,跑到开阔地带。他们稳健地小跑着,就像这样跑的话,让他们跑上一整天都行。这时,我们从隐蔽处冲了出来,骑在马上向他们压去。我们已经事先分别选定了目标,因为我们知道他们一见到我们就会四面散开去。他们中有七个男人和两个刚拿得动弓箭的男孩。我们散开,两个人对付一个,妇女和儿童留在后头再解决。

像这样的捕猎行动,得有所准备,会有一两匹马被他们的箭射中。但是他们是不轻易放箭的,因为他们明白,如果停下来射箭,你也会停下来开枪,而你的射击范围要比他们射箭的范围大多了。所以他们做的就是不停地奔啊、跑啊、蹦啊、跳啊,加速逃回到山里去。到了山里,马匹就失利了。但是那天我们让霍屯督人守在山上,断了他们的退路,这样就把他们全抓住了。整队人马呢。诀窍就是骑马穷追,到火力范围时,迅速勒马停下,瞄准,开火。要是你运气好,瞄准时他还在跑着,从背后开火,轻易就可以射杀。但是对我们的方法他们已经有了经验,他们很狡猾,明白你的意图。他们会这样干:一面跑一面听你的马蹄声。你停下来的时候就会发现,他们突然向左向右摆动,并且以最快的速度向你靠拢,可能你的开枪距离就只剩下三十码了,而且常常这时你的马还来不及停稳。这时如果是一对一,最安全的办法是迅速下马,躲在马的身后开枪。如果像那天的行动那样,你们有两个人,那当然就容易得多了。面临危险的那个骑手只需掉转马头逃出射箭的距离,让另一个骑手从容开火。那天我遭遇到的那个布须曼人根本逮不到射箭的机会。最后他完全放弃了,只是站在那里等着,我一枪就射穿了他的喉咙。有些布须曼人一直在跑动着,直到一个个被开枪打死,还有几个转过身来想要射箭,但是找不准目标。

有个布须曼人射了一支箭，把一匹马擦伤了。这就是你要冒的风险了。可是如果你立即处理这匹马，还可能救它一命。马上切开伤口，吸出毒素，或叫个霍屯督人去把毒吸出来，然后把一块蛇石（菊石）塞进去固定好，这匹马还是很可能渡过险境的。布须曼人的弓箭实在是很弱的，因为打磨箭头太费事，他们可不愿把箭头给弄丢了。射箭时弓弦绷得松松的，射出的箭稍稍擦碰到目标便掉到地上去了，因此他们的弓箭毫无射程可言。捕杀布须曼人时，损兵折将是不可原谅的。捕杀布须曼人的基本法则十分简单：把他们驱赶到开阔地带并确保你们有足够的人手。由于不把这条法则当回事，有的好人就枉送了性命。布须曼人的箭毒能致人死命，但发作很慢，你要立即采取措施，否则箭毒就会渗入到身体内部去。我曾见到过一个人极其痛苦地躺了三天，整个身体肿了起来，尖叫着想要快点死去，可是人们一点办法也没有。自从见到那一幕，我就明白没有任何理由可以心慈手软。对于布须曼人，一颗枪子儿是再好不过了。有一次，一个牧人被杀害之后，他们生擒了一个布须曼人，把他绑在火堆上烤，甚至用烤出来的脂肪涂抹在他身上烤炙，最后把他送给了霍屯督人，可他们说肉太硬了不中吃。

驯化布须曼人的唯一方法是在很小的时候就抓来，必须很小，不能超过七八岁。超过那个岁数，他就会不安分了，终有一天会遁入疏林草原，再也找不着了。如果你让他与霍屯督人在一起，养大后会成为一个好牧人，因为他天生了解疏林草原，天生了解野兽。可是一干起农活来，他们就无精打采，不好好干，比霍屯督人更差劲。

布须曼女人则不同。如果你收留一个带着幼仔的布须曼女人，她会待下来，因为她明白独自一人在疏林草原上是没什么指望的。但是当一群布须曼人迁移到附近时，她就可能试图溜走。这时最安全的办法是把她用锁给锁起来，否则在新月之夜或者阴云密布的夜晚，她就会像幽灵般消失得无影无踪。如果你想从布须曼女人身上得利，就让她们同霍屯督男人生孩子，长大以后可以充当牧人（她们同白人生不出孩子）。但是她们的生育周期很长，要间隔三至四年才生一胎，因此他们的人数增加得很缓慢，布须曼人早晚要灭绝看来也不是难事。

他们无论男女都老得很快，三十岁的时候就满脸皱纹，看上去就完全像个老人了。问一个布须曼人几岁了，是毫无意义的，他们根本就没有数字概念，凡是大于二的东西，就是"许多"了。一、二，许多。他们就这样数数。布须曼人的孩子长得很漂亮，特别是女孩子，骨骼纤细，体态优美。男人和女人在性上面很胡乱，男人们性交起来简直不要命。

开拓者们大多都和布须曼女孩有过性的经历。荷兰女孩身上有一种财产的气味。首先，她们自己就是财产。她们带来的不仅是若干磅的白白的肉体，还带来若干摩肯①的土地，若干头牛和若干个仆人。然后就来了一大群父母兄弟姐妹，你失去了自由啦。与这个女孩联姻，也就是把自

---

① 摩肯，土地面积单位，荷兰及其属地以及南非使用，一摩肯相当于二英亩。

己与一个财产体系连在了一起。而一个未开化的布须曼女孩一无所有,没有和任何东西有联系,她活着可就像死了一样。她眼见你杀死她们的男人,在她们眼中代表着力量的男人就像狗一般地被击毙。现在你成了力量的化身,而她一文不值,她只不过是一块抹布,你在她上面蹭蹭就随手丢弃了,完全可以随意处置,不需花费任何钱财,完全免费。她可以挣扎,可以尖叫,可她明白这全是白费,她所能奉献的就只有这自由处置权了。这是断绝了一切念头的人所能提供的了,她已经心无所系,甚至已无对生命的眷恋之心了。她心目中的神灵已被你的意志取而代之,她的一言一行与你的意愿绝对一致。你把自己的情欲转移到这个异类身上,她成为你的终极情人,随时等待着供你取乐。

越过格雷特河的探险之旅

我随身带了六个霍屯督人,长途旅行这个数量正好,让他们干日常的活计和应付紧急的事件。其中五个是我自己的人,还雇了一个。他枪法很准,而捕猎大象需要两个好射手。这个人叫作伯兰德·迪考普,曾在霍屯督连队里当过兵。我和他签了三个月的合同。可是这件事情是做错了,带一个陌生的霍屯督人到自己的仆人中肯定是个错误,结果他们小摩擦不断。迪考普自认为当过兵就能对别人作威作福。我带上他骑着马装备齐全去狩猎过之后,他就还以为自己在仆人中具有特别的地位了。这引起了仇恨,特别是扬·克劳厄的嫉恨。克劳厄年岁大得多,是我农场上的工头。很久前我曾奖给克劳厄一枚奖章。他把它穿了个洞，挂在脖子上。他说，奖章给了他权威，就像军官佩戴着总督府颁发的象征权威的标志一样。这样，每当我和迪考普带着枪去狩猎回来的时候，就看见克劳厄十分愠怒。而迪考普则趾高气扬地在营地里四处溜达，逢人便说自己和主人如何如何，还说根本别担心吃的，他和主人会保证人人都有足够的东西吃。到傍晚时分，他就穿上那件在好望角买的宽大的值夜外套，这使得其他人更加妒忌了。他把自己看成半个荷兰人了。一天，我再也看不下去了，纪律快玩儿完了。我把他留下，带着克劳厄出去狩猎。我们打了些猎物，回来煮熟，可迪考普不吃。他阴沉着脸，背对着我们躺在毯子上。其他霍屯督人开始奚落起他来，这些人这么做真蠢。他从毯子上一跃而起，手中拿着刀扑向他们。这些人吓坏了，四散逃避到灌木丛中。他们是些农耕霍屯督人，过着怠惰的生活，不习惯兵刃相见的野蛮人。我制止了迪考普，对他说，他太惹是生非，不再需要他了，早晨结账后就让他离开。第二天早晨时他已经走了，没等着结账，可是带走了一匹马，一支枪，一扁瓶白兰地，悄悄地走了。也许他以为他有枪我们就不敢追，但是我太了解霍屯督人了，我带上克劳厄追踪而去。克劳厄是老式的霍屯督人，能够像布须曼人一样追踪猎物。到两点钟时，正如我预料的一样，我们追上了他。他躺在树荫下，烂醉如泥。他当时真不该拿了那瓶白兰地，这可是他的错，白兰地毁了整个霍屯督族。我把他的双手系到马鞍子上，拽着他一路跑回到营地，让那些霍屯督人用犀牛皮鞭尽情抽打，然后把他解开，放了他。这件事发生在卡米斯堡，那里水源丰富，我相信他活下来了。他耽搁了我们整整一天的时间。

对旅途的陈述

我们于7月16日出发，每天行进实足十六英里，整整走了六天，到了离奥利芬茨河不远的一个叫作"绅士的住所"的地方。那是群山中的一处洞穴，我们停下来让牛群休息一下。过河之后，我们缓慢行进，走一天休息一天，一直走到考克纳普才放牧一下牛群。

从8月2日到8月6日，我们走了五十英里，到达了格罗恩河。这段旅程十分艰难，在最后一天我们不得不被迫驱赶牛群前进。干燥的荒野遍布沙砾，也没有什么猎物可捕。花了四天时间牛群才恢复体力。

从格罗恩河往北两天，我们途经一处废弃了的纳马夸村庄。

8月15日我们到达了一条河，霍屯督人称之为考西河。我们停下来稍事休整。

8月18日我们到达库波博根峡谷，看见岩壁上凿有"1685"的字样。

过了库波博根，经一天行程之后，出了崇山峻岭，进入了沙砾遍布、干旱无水的平原。起初我们缓慢行进以保持牛群的体力，可是第二天我发现，在这片沙漠上如果不快速通过，牛群就会死去。因此我们在8月22日整夜行进，许多牛已经十分虚弱，再也拉不动车了。8月23日下午我们休息，牛群渴得哞哞地叫唤着，十分可怜。我们整夜都慢腾腾地爬行般挪动,五头牛倒卧下来,再也无法使它们站立起来,不得不将它们抛弃了。

8月24日早晨我们到达一个山脉的脚下,十分费劲地爬了上去。傍晚时分,牛群察觉到了水。我们来到了格雷特河,水流湍急,河岸陡峭。我们一边寻找通往水边的通道,一边还得弹压牛群,防止它们从岸上跳入水中。

格雷特河形成了小纳马夸地区的北部边界,河流大约有三百英尺宽。到了雨季,河面就更加宽阔。在有些地方陡岸变缓下来,形成小小的河滩。河马在那儿食草,我们还发现了布须曼人在那里扎营的痕迹。河流大多地方都水流湍急,我派克劳厄逆流而上去寻找渡口。他回来报告说发现一处浅滩,也许能在那里安全渡河。我们花了两天时间才走到那里,因为我们不得不再次折回山中,在山的背后沿着与河平行的路前行。

渡河到北边,我们发现身处群山之中,岩石嶙峋,只能沿着列文河向前。我们走了整整四天,终于到达了水草丰美的草原。从这里开始就属于大纳马夸地区了。

我的霍屯督人和牛群一路上忠心耿耿。可是,这次远征的成功完全源自我本人的胆识和努力。是我安排了每天的行程并探查道路,是我保持了牛群的体力,使它们在旅途艰难的时刻能有最佳的表现,是我保证了每个人都没有忍饥挨饿。在我们到达格雷特河之前的最后的那几天可怕的日子里,手下开始怨声载道时,是我以坚定而公平的手段恢复了秩序。他们把我视为父辈,没有我,他们就不可能活下来。

第五天清晨,我们看见远处在平原的那头有小小的人影朝我们这里过来。我十分谨慎小心,让我的人马做好准备,把较小的火器分发给克劳厄和一个叫作扬·普拉杰的沉着稳重的男孩,告诉他们把子弹上膛,但是不要流露出敌意,按照我的暗号行事。普拉杰走上前,站到牛车旁,确保如果敌人发出突如其来的喧闹,也不会使得牛车的另一套牲口受到惊吓。克劳厄握着枪坐在车夫旁的位子上,我策马向前。

　　我们互相靠近了,我已经能辨认出他们一共有二十人,都是男人,其中一个人骑着一头公牛。我思忖,他们可能已经听闻了我们到来了,所以来迎接我们。但我不清楚他们是怎么知道的。没有经过驯化的霍屯督人在必要时可以一息不停地整夜奔跑,因此也可能是他们的探子看到了我们,去报了信。这些人手持着长矛,我已有很长时间没见到手持长矛的霍屯督人了。他们没有摆出战斗的姿态,我们也没有。相反,我们双方平和地去见对方。这相遇的景象真是太美妙了,两支小小的人马,太阳低垂在地平线上,我们身后是蓝色的群山。

　　双方走近到互相看得清面貌时,我举起一只手,牛车停下了,霍屯督人也停了下来。骑牛人居中,其他人挪动成一圈环绕在他的四周。在这里,我一定要插几句话,谈谈野性状态下的男人。就这样说吧,野性的霍屯督人或坐或站,无不显出一种自信,使人敬意油然而生。我的那些霍屯督人手下就缺乏那种自信。霍屯督人与文明接触所获颇多,但是不可否认,他们也失去了一些东西。作为个体,他们原本

81

就不是使人印象深刻的生灵，身材矮小，皮肤黄褐，早早地就皱纹满面，肚皮松弛，目光呆滞；再让他套上文明的衣装，更显得形容猥琐。在人前，他弓着肩膀，眼神飘忽，不停地动着，一刻也不得安宁，而且即使是一个简简单单的问题，你都再也不可能从他那里得到诚实的回答。他唯一学会的是如何去使你满意。就是说，只讲一些他认为你乐意听的话。他从不轻易露出笑容，等你笑了他才笑。他成了一个虚伪的家伙。我说的这些话对每一个驯化了的霍屯督人都适用。好的霍屯督人，比如克劳厄；学坏了的霍屯督人，比如迪考普。都一样。他们不诚实，他们会演戏。而一个野性的霍屯督人，就像那天遭遇到的那些人，他们一辈子过着天然的生活，具有霍屯督式的诚实和正直。他坐得正站得直，坦然直视你的眼睛。驯化了的霍屯督人的狡猾和怯懦是出于惯性，出于对力量和地位的误解。我长久置身于他们那种诡诈和畏缩之中，现在偶遇这种坦然和自信，感觉不错。他们一群人就在那儿，站在我们面前，二十个人注视着我们六个人。而我们也就在那儿，站在他们面前，拿着三支毛瑟枪（滑膛枪）。我的枪膛里装的是大号天鹅弹，他俩的枪也上了膛。他们具有他们的本色，我们具有我们的力量。我们互相男子汉式地打量着。他们还从来没有见到过白种人。

我骑马朝他们缓缓走去，我的手下待在原地听候命令。骑牛的霍屯督人也驱牛上前，与我保持同步。他的人尾随跟上，脚上满是大平原赭黄色的尘土，苍蝇在公牛身旁嗡嗡飞舞，公牛鼻子上穿着铁环，满是涎沫。大家都是活的生灵,在一同呼吸。

我内心冷静地思索着各种可能的变数:遵守命令,内心的争斗(抵抗？屈服?),手下人转动着眼球,含蓄的话,平静,快速行进,隐蔽的队列,营地,灰白胡须的酋长,欢迎词,坚定的语调,和平！烟草！展示枪支,敬畏的低语,礼物,心怀报复的男巫,盛宴,狼吞虎咽,夜幕降临,挫败谋杀,黎明,告别,滚动的车轮,遵守命令,内心的争斗,转动的眼球,紧张的手指,走火,惊慌,攻击,开枪,匆忙撤退,追击的部落,退向格雷特河,遵守命令,内心的争斗,长矛偶然击中要害(就像当年达尔美达子爵一样),手下四散逃跑,杆子穿过臀部,土人营地上的肢解仪式,四肢扔给狗,生殖器献给头人的妻子,遵守命令,内心的争斗,怯懦的反击,失忆,黑暗的茅屋,缚住的双手,打盹的守卫,逃走,夜色中的追捕,被狗追上,黑暗的茅屋,缚住的双手,不安的睡眠,黎明,献祭仪式,巫师,斗法,天体的规律,正午天变黑暗,胜利,被尊为半人半神,统治部落,有趣而乏味,返回文明,带回大群的牛——我将会发现,在这没有政体,真正蛮荒的大纳马夸土地上,所有这一切都有可能发生。

在大纳马夸土地上的逗留

我们和平地来到了这里,带来了礼物,我们承诺以礼相待。我们只不过是猎人,寻求许可在纳马夸捕猎大象。我们从南方长途跋涉而来,遇到的旅行者们都谈起大纳马夸人的殷勤好客和慷慨大度。我们来到这里表示我们的敬意和友好。我们牛车里载着大纳马夸人珍视的烟草、铜箔等礼物。经过艰难的旅程，牛只已经很虚弱了，我们要寻找水源和牧场，我们还希望能买到新的牛，我们会出很高的价。

我讲得很慢，我那些在儿时学会的满是祈使语气的霍屯督语与这些人讲的霍屯督语是否相通，我没有把握，不知是否会挑起他们的敌意。音调中无意的变化会变成双关语，比如想说［！nop²］（和平），却成了［！nop⁴］（石头），我的那些老乡也常常为此被人们嘲笑。骑在公牛背上的人专注地听着我的话，可是他的手下在我说话的当儿却偷偷地开溜到我的视线以外去了。谨慎使我一下子抛开了外交风度，转过身来向我的手下用荷兰语大声急速地提醒他们注意警戒。

果然不出所料，那些原先围在我身旁的霍屯督人现在都跑到牛车后头去了。扬·普拉杰在那里照管第二套牛，这一来使他惊恐而又犹豫不决：该完全履行自己的职责管好牛呢，还是不管牛去保护牛车车篷上的门帘，或者是向这些来人开火杀死他们。这些霍屯督人显然想从后面进入牛车里面，看看有些什么东西，也许还想把牛车抢劫一空呢。他们的首领根本不对他们加以制止，反而静静地骑在牛背上，注视着我，等着我继续往下讲。必须采取行动了，普拉杰不足以应对这种需要机敏的两难境地。我把智力低下、反应迟钝的坦布尔兄弟留下一个，让他应付那个骑牛的霍屯督人，我骑马冲到牛车后门旁的霍屯督人中，挥舞着马鞭喊道："滚开！滚开！"他们机敏地往后退，又聚拢来，眼睛里兴奋地放着光。我想，这是在跟成年人打交道吗？

开始交涉时的阵势全搞乱了,现在霍屯督人反而占了上风。他们不像刚才那样聚集在一起面对着我们意味深长的枪口,而是在没人指挥的牛车的前部和易受攻击的侧翼两方面对付我们。我马上尽可能地做出调整,命令普拉杰让牛都紧靠牛车,可是普拉杰慌乱得完全不知所措了。我急得要命,而霍屯督人乐得抓耳挠腮。普拉杰狂野地驱牛向前,可是那天牛却极其顽固不化,在普拉杰的鞭打下,它们先聚拢,挤在一起,然后转动着眼睛,哄地散了开来。要不是那些勤快的霍屯督人吆喝着挥舞手臂上前拦截的话,牛群早就四散了。在几分钟的时间里,满脸羞愧的手下,咧着嘴笑的敌人,乱糟糟的牲畜,简直乱作一团。现在牛聚拢在牛车后面,赶车人坦布尔是个阉人,早已手抓着帽子跳下车去帮着赶牛了。扬·克劳厄仍端着枪坐在赶车人的位子上,一脸严肃地警戒着。这就是其种族正在消亡的一个农耕霍屯督人。我在这混乱场面的外围,保持着清醒,提防着。对牛车的包围会不会是恶毒迂回计划的一招,而不是一个有趣的偶然事件?我已经做好准备绝不让那种事发生:牛车上的东西和牛都被掠走,消失得无影无踪,而我只能跟在后面追逐,呼天抢地却毫无用处。可是,骑公牛的人现在走近了我。我两眼喷着怒火,他却平和地向我打招呼。看来在他们的心中并没有那样的计划。

霍霍恩大地和这里所有的人欢迎我们,他们总是乐意接待旅行者,渴望听到他们带来的消息。会有食物款待我们,有水给牛饮用,我们应该跟着他,在他的人中间想要住多久就住多久。

"对你们的欢迎,我十分感激,"我回答道,"可是你的人把我的手下弄得很紧张,他们不可约束吗?"

"我们对你们不会有任何伤害,"他说,"能把礼物给我们吗?"

四周他那些机灵的人都跟着嚷嚷起来:"礼物! 礼物!"其中一个人迈步向前在我的坐骑前面跳起舞来。那是一种很奇特的舞,胸挺向前,臀部往后,双脚似乎在走动,而实际上仍在原地。"礼物!"他唱道,"我们要礼物! 礼物! 我们要礼物!"同伙们都跟上他,还唱起来,有节奏地拍着手,挪动着脚步。我试图引起手下人的注意,可是吵闹声太响了,根本听不见。普拉杰由于羞愧躲到一边去了,阿多尼斯看得津津有味,高兴地咧嘴笑着,坦布尔兄弟情不自禁地同他们一起拍着手。只有克劳厄仍然保持镇静,直挺挺地坐在牛车的赶车人位子上,脸像石头般紧紧绷着,眼睛盯着我。我向他示意,他从车上跳下来,就像摩西的随从一般把枪握在胸前,挤过人群朝我走过来。土人们闪开给他让路,他一过去就又聚拢来。有个土人模仿他笨拙僵硬的脚步。其他人都停下跳舞,尖声地笑起来。

"打开烟草箱子,给每个人分两英寸烟草,"我告诉他,"两英寸,不要多。"

人群又分开给他让路,一面唱着魅力十足的狩猎歌:"走进我的陷阱,野鹅,长脖子伸进陷阱,我喂你小木蠹虫。"普拉杰也露面了,和其他仆人们一起用手掩着脸在笑着。

克劳厄从牛车后头爬进车子,拿出一箱烟草卷,有六磅重,还有一只货钩。他撬开箱盖,开始慢慢地把烟草在两英寸的地方一条条切下,递到霍屯督人伸出的手上。人群争先恐后互相推挤,轻轻的低语变成了喊声:"多一点!多一点!"那头公牛就在我的旁边,低头啃着青草,而骑手则挤到人群中争抢烟草去了。克劳厄朝我投来一个犹豫不决的眼神。"就这么多!"我朝他吼道。他听清了我的话。一个霍屯督人开始攀爬,想进入牛车。克劳厄用脚踢他的手指,他摔了下来。这时有人把克劳厄夹在两腿间的烟草箱子一把抢去。克劳厄猛抓小偷,没抓住。烟草箱在这群人的头顶上方传来传去,传了一阵子,箱子翻倒了,于是这二十个人蜂拥而上捡拾落下的烟草。克劳厄钻了进去,当然是为了维护正义。"离开他们!"我大喊道,趁着这混乱劲儿急跑过去用力鞭打前轭的牛,牛哞哞地叫起来。牛车拉动了,我骑着马用马鞭打共轭的牛,还用鞭子的柄敲它们的鼻子,牛车颠簸着向前走了起来。霍屯督人发出喊声。我的手下争先恐后地就位,尽他们的职责。克劳厄气喘吁吁,帽子也弄丢了。第二队牛跟在后面赶了上来,有几只被霍屯督人截下,顾不了它们了。我们并非逃跑,只不过变更一下安排,到时候我们会重新取回属于自己的东西的。我们尽快向前赶,大约有人的步行速度那么快。霍屯督人叫着喊着追了上来。我判定,向他们开火是不明智的,他们并没有有组织地对抗。"回来!"他们喊。我命令车夫别听他们的,继续走,然后我退到牛车的后面,面对追赶上来的人站好位置。我举起一只手,他们跑到我骑的马前,停了下来,互相之间叽叽喳喳轻声讲着话,好奇地注视着我,还像奴隶小男孩般眯起眼睛看看太阳。我保持沉默，直到他们全体都赶上来。在他们后面，我丢失的那四头牛在霍屯督人安排的地方吃草。在我的后面，牛车在朝安全的地区退去。我开始向他们发话了。

"我们心中满怀和平来到这纳马夸人的土地。我们已经听说了许许多多关于纳马夸人的财富、慷慨和狩猎的勇敢的传言。多年来我们渴望见到你们，向你们转达我们伟大的首领对你们的问候。他现在驻在好望角，那与大海相连之地。为了证明我们的善意，我们随身带来了许多礼物，烟草、铜箔，还有火绒盒，还有珠宝，以及其他东西。

"我们向纳马夸人寻求的只是能不受干扰地穿越这块土地，捕猎大象，因为我们的人珍视象牙。

"可是当我们越过荒漠，跨过大山，涉水过河来到了纳马夸土地，我们发现了什么？我们发现我们的仆人们受到嘲弄，牛只被赶走，礼物被踩在脚下好像一文不值。我们该怎样向自己在南边的人民报告呢？是说他们不知道如何待客，不殷勤好客？还是说他们穷极了，不得不偷窃每一个过路旅客的可怜的拉车的牛？还是说他们是嫉妒心重的孩子，互相为了礼物而争吵？还是说他们没有首领，不尊重权威？

"不是。如果我带回去这样的话语，我就会是个谎言家，因为我明白，纳马夸人是真正的人，人中的佼佼者，有力量，慷慨大度，有伟大首领庇护。今天早晨的不愉快事件将会过去，从未发生过，只不过是一场梦而已，已经被忘却。你们已经拿到的东西就留下吧，可是从今以后，让我们一定像男人一样行事,互相尊重对方的财产。我的财产是属于我的——我的牛,我的牛车,我的货物;你们的财产是属于你们的——你们的牛,你们的妇女,你们的村庄。我们尊重属于你们的东西,而你们也要尊重属于我们的东西。"

结尾处校长式的恫吓,我估摸还算过得去,我一面说一面注视他们的眼睛,看是否有愤怒的反应。讲到第三段时看见他们只是越来越无聊和分心。这种公开辩论式的雄辩中的讽刺和道义,很不容易译成纳马夸语,而霍屯督人对这些说教根本无动于衷。他们没有显出任何光火的样子,实际上对我的讲话根本没有丝毫的回应。骑公牛的人没带烟斗和火石,咀嚼着烟草,四周越发显得安静,我开始感到自己很尴尬。这些霍屯督人还是眯眼看着我,眼神充满好奇,但并非不友好。我骑在马上,阳光从我右肩上方照射下来,我或许看上去就像一尊神,是他们所从未见到过的神。霍屯督人属于原始的人类。

"你们的村庄在哪个方向?"

这句话一下子使他们恢复了生气,高兴地喊:"那里!那里!"他们指着正在笨重地逃走的牛车那个方向。就这样,一句老套的问话解开了困境。

"远吗?"

"不远! 不远!"

"嗯,我很乐意友好地跟你们一起去! 过去的事就让它过去吧! 去把牛赶来!"朝着牛车的方向,我出发了,心中充满一个男人在做出决定后的含有风险的愉悦,欢笑喧闹的土人跟在我后面一路小跑。

这些霍屯督人的营地驻扎在一条注入列文河的支流河岸上，有四十来座茅屋，大致呈圆形排列，它们的外围还零星有几座，远远地在溪流对岸还另有五座茅屋。对岸的茅屋是给经期的妇女准备的。在经期，她们不准许与丈夫在一起，也不允许与牛接触。茅屋的建筑都完全一样，植物茎皮编的席子和动物的皮覆盖在用藤蔓搭成的半球形框架上。藤蔓枝条都深深地扎在地里，上面的顶端用绳子捆绑好，顶上是留空的，霍屯督人躺在床上时，透过枝条便可看得到天空。可是这与天神毫无关系，也和霍屯督人的占星术无关，它只不过是用作烟孔而已。有一个人先于牛车跑回到营地去，告诉我们来到的消息。我们费劲地前行。当进入他们的视线的时候，一大群兴奋得发狂的男孩和狗拥出来迎接我们。在营地里，女人背着婴儿，也不管煮饭的事了。漂亮的十来岁的孩子躲在母亲身后向我们瞥视着。缕缕炊烟从茅屋上升起，飘上天空。

我担心牛车上的东西会被顽劣的青少年抢掠一空，除非采取非常手段来预防。在离他们营地还很远的地方，我停了下来，从车上搬下些必需品，然后叫手下用篷布盖好，再用绳子捆绑妥帖，命令他们用生命守卫牛车和牛，但是不要惹起事端。我骑马进村，仍有几个土人跟在我的后面。

我当时忘了，霍屯督人的群居生活对于习惯了文明生活的人是会很恐怖的。一只瘦骨嶙峋的猎犬脖子上套着皮带，系在一块岩石上。皮带很短，它咬不到，用尾巴敲击着地面。女人们满眼是令人凄凉的愚钝。苍蝇在孩子们嘴唇上叮咬。尘土中是烤炙得枯焦的枝叶，晒得发白的龟壳。

所见之处生命都被饥馑击碎了。他们怎么还能忍受得了四周到处都是的那些虫子呢？

我策马到营地中央的开阔地上，停了下来。一群霍屯督人把我围在中间。跟随着我的那些霍屯督人在人群中兴高采烈地走来走去，谈着，笑着。几个脸色阴郁的女人和他们拌着嘴。我估计在场的大约有二百人。男孩子们挤到圈子前面来，饶有兴趣地斜眼看着。我被他们称作"长鼻子"。我就像一尊骑马塑像，耐心地等着他们的酋长的接见。

霍屯督人不知礼仪，对权威只有敷衍塞责的尊敬。酋长没法子接见我，他老了，还生着病，或许快不行了。尽管如此，我还是要求见他，坚持要见他。我下了马，从马鞍袋里取出礼品。他们耸耸肩相视而笑，把我领到一座茅屋的洞开的门前。整个部落都跟来了，低声耳语着。我弯腰低头，步入茅屋。他们跟在我的身后想尽量都挤进屋子。屋子里苍蝇飞舞，充满了尿味。一个男人躺在一叠兽皮上。在阴暗中，辨别不出别的什么来。一个女孩坐在他的床头用蓝花楹的树叶为他赶苍蝇。有个小个子推推我的肘部，把一只碗轻轻塞到我空着的那只手上。我不解地看看他，他冲我笑笑点点头。我呷了一点碗里的液体，原来是用蜂蜜调过味的酸奶。"他病了。"站在我旁边的一个人悄悄地说。"他得了什么病？""他病了。"我把碗放在一边，在床边蹲下来，黑暗中我已经能看得清楚些了。病人睡着了，头发和胡须花白。"他病在什么地方？"我问。"他的腿上。"答话的人拍拍自己的腿。床上的人从胸部到膝盖都盖着。

"你们给他服药了吗?"我看着女孩,她没有应对我的眼神,她还太年轻,不能对男人说话。我朝四周的人看看。"是的,是的,给他吃了许多药。""他会活下来吗?""是的,他会活的。"他们微笑着。从他们这里不可能得到真相。他快死了,很可能得的是霍屯督人的不治之症。他们用尿洗他的疼痛之处,或许还给他灌尿。我把带来的铜箔、烟草、火绒盒和刀子放在他的床头,然后退出茅屋,大步走向我的马。对别的这些人无须加以理会。

骑公牛的人把手放在我的肩膀上说:"你们得留下来和我们一起吃晚饭,你们所有的人。你们旅行了很远的路,牛也乏了,在这里住几天,然后我会给你们派个向导跟你们在一起,这个地方有坏人,你们单独旅行不安全。留下吧,我们会款待你们的。"他到底是谁?有更多的人在我身边聚拢来,我认出了几张面孔,是那队前来迎接我们牛车的人。有个人对骑公牛的人悄悄耳语了些什么,骑牛人用胳膊肘把那人推开。我镇静了一下说:"谢谢你的殷勤好客,我们很乐意留下来。我的手下在那边等着我,我去告诉他们一下。我们会来的。"

他们没显得高兴,也没有人阻止我上马。我援辔小步跑回牛车,一队孩子一路小跑跟在后面。

事情并非那么顺利。一帮陌生人聚拢在牛车后挡板处,似乎克劳厄正在与某个人扭打着,我的另外四个人站在一旁,无能为力。"发生了什么事?"我问。我朝普拉杰看看,他可怜地耸耸肩膀。"我只离开你半个小时,回来就已经乱糟糟了!""他们在偷我们的东西,主人。""快行动起来!"我喊叫,雷霆震怒了。所有的人,包括纳马夸人都转头盯着我看。我高高举起马鞭朝这伙乌合之众劈头盖脸抽下去。他们全散开来,只剩下克劳厄和一个陌生的又高又瘦的男孩,两个人还在格斗,争夺一件看上去像只小麻袋似的东西。我俯过身子,鞭子朝他俩抽去,男孩急急地爬走了。克劳厄朝天躺在地上,双手紧紧抓住麻袋,他都快五十岁了,真是好样的看家狗!"快站起来!"我对他喊道,"这里你是负责的!发生了什么事?"他爬着站起来,气喘吁吁地一时讲不出话来。我猛转身面对那几个手下。看到阿多尼斯脸上的傻笑,他急忙低头躲避,鞭子抽在他的肩膀上。"把牛套上!所有的牛!快!两套牛!"我的脸孔紫涨着。他们全都毫无意志,全是天生的奴才。

霍屯督人后退分成小群,盯着我们看。我策马过去。"有谁胆敢第一个对我的牛和牛车下手,我就用这把枪打死谁!就用这把枪!回到你们茅屋那里去!"他们毫无表情地看着我,人群越来越多了,甚至带着婴儿的妇女们也从村庄那里悠悠地走过来。"嘶——沙!"有人发出嘶嘶叫声,其他人应声附和。"嘶——沙!"这是他们挑逗陷入绝境的动物,激它们跳起来的声音。人们发出的嘶嘶声汇成稳稳的节奏,我站在那里丝毫不退缩,可我的马却变得越来越焦躁起来。

人群中,一个女人向我迈出一步。她叉开双腿,弯曲双膝,手臂向两边平伸,和着宛若鼓点般的"嘶——沙"声,她快速地扭动身躯,裸露的丰腴的乳房和臀部随之抖动起来。随着每一声爆发性的"沙",她捻动手指,头往后倾,髋部向我一送。就这样扭动，仰头，两腿大开，三步进，两步退，她一步步地向我进逼。霍屯督人的"嘶——沙"节奏声渐喊渐轻，却更激奋，我都能听见她打的响指了，透过眯起的双眼，她朝我嘲讽似的浅笑着。

我轻轻提起枪，对着她脚前的地面就是一枪。没有枪响的回声，也没有扬起什么尘土，可是这个女人却吓得尖叫起来，直挺挺地摔倒在地，人群掉头就逃。我没去理会躺在地上的女人，转过身去监督套车的事。她立刻落荒而逃了。

我们上路了，向北方进发。这荒凉的小村远远地落在后面的时候，太阳已经西沉。我心里很轻松。很快，我们就又会无人搅扰了。我们一直行进到深夜，停下来休息时，我布下了双岗。夜间我做起了噩梦，黎明时分醒来时浑身发抖，头昏眼花。克劳厄指指南方，在我们来的地方升起了炊烟。牛很疲倦，可我们还是上路了。我用毯子裹住自己，坐在车夫边上，浑身骨头酸疼。太阳升到头顶时分，发现了水，我们才停了下来。这时我们看到身后的平原上有小小的黑色人影寻踪而来。我不停地喝水，喝了又喝，接着猛地全部吐了出来。我十分虚弱，骑不动马了，或许连枪也打不准了。手下的人让我躺在牛车里，把枪放在身旁。我告诉他们不必害怕，沿着开阔地一直往北走。他们把卧在地上的牛踢起来，套上车。我们辨认得出追逐的来人了，一共有三十个人，其中一个骑在牛上。炎热中，牛迈着笨重的步子拉着车，如果现在停下来，它们就会一步不挪地待在那里，直到晒死。克劳厄扶我坐起来，使我能向牛车后挡板外剧烈地呕吐。我心想从这些狼藉中不知霍屯督巫师对我的命运会做出什么样的预测来。平稳晃动的牛车,车篷上静静的阳光,巨大的宁静降落在我的心头,我的心底深藏着的秘密,无人可以触及。

很长时间过去了,我一直深陷在儿时的回忆中,一只隼驾着上升的气流在蓝天上翱翔。

牛车安静了下来,惊醒了我。我鼓起气力喊叫,结果却呕吐起来,把床都弄脏了。我虚弱得坐不起身来,两眼疼痛。车外有人在讲话,是霍屯督语。我努力分辨他们在谈些什么,可是每句话都似有三重意思。必须吃些东西,否则体力要耗尽了。

我的手下在背叛我,他们在和陌生的霍屯督人勾结。不知不觉中,我伸手去摸枪,抓住了枪托,再次感受到它的坚实可靠,更还有我手臂上那坚实的肌肉,这些令我宽慰。我就这样躺着,车里弥漫着我自己的气味,我微笑着,听着。有一远一近两个声音,"给我洗脚,帮我束胸,"近的声音说。"你不唱行吗?"在远远之处,在南面,第二个声音唱着,第一个声音喋喋不休地讲着话。我不听了,蜷曲着又陷入了梦乡。

有人粗鲁地侍弄着我,把我像一具僵尸一般双手固定在身体两侧,用毯子裹起,又粗手粗脚地把我抬起来。我流泪了,泪流满面啊。头低脚高地从牛车里被抬出来,太阳已经落山,满天星斗,飘过来牲口的气息。从他们头戴的帽子,我看得出来,是我自己的手下在抬我。"普拉杰,"我虚弱地说,"你们在干什么?""我们会照料你的,主人,你病了。"他俯身对我微笑着,就像一个护卫天使。他把我放在地面上，其他手下也都俯身看着我：坦布尔兄弟，年龄还小，还没长大成人，阿多尼斯，忠心耿耿的老扬·克劳厄，我感激地流下泪来。接着又混入了陌生的霍屯督人的面孔，朝我微笑着，让我相信他们都是善意的。人们轻柔地扶我坐起来，我蹙眉示意对自己难闻的气味表示歉意。我被抬到一头牛的背上，不是我的，而是陌生的霍屯督人的牛！我坐在牛背上，可是胯部无力，须臾之间便侧向一旁滑了下来，人们就又把我放到地面上。四周的人喃喃低语起来，谈论着我的疾病。我微笑着又坠入昏睡之中了。

我清醒过来了。我躺在架在两头牛之间的一副倾斜着的担架上，微微地晃动，其他套在后面的牛在沉重地呼吸着。我的牛车踪影全无，我明白，抢掠一空了，抛弃了。在极度的寒冷中，我蜷缩着咬紧牙关无法放松，我吹口哨，我叫唤，直想吸引那个陌生的黑色身影的注意。看上去他似乎是颠倒着一样，他让我脚高头低地躺在担架上带着我赶夜路。在清醒的一刻，我意识到是得了一种天晓得什么热病，落入铁石心肠的盗贼的手中了。他们连起码的医药知识也没有，是些没教化的土人，而我昨天却羞辱了这些自然之子的殷勤。在幻觉中，我见到病中的母亲坐在一张直背椅子上，正在看一封通知我已死亡的死亡通知书。接着，一阵寒战袭来，我又清醒过来。我祈祷心中已经久违的上帝，祈求带来阳光。星星还在苍穹下闪烁，可我却不能像往常那样欣赏这晶莹剔透的美。我祈求上帝赦免对我的种种惩罚，我从死亡到神志失常，已经一再遭受谵妄之苦，极度的寒战终使我的手和腿知觉全无了。"我要死了，"我说，这是纯正而清晰的荷兰词语，"真丢脸啊。"此时此刻我留意到天际已经泛红，愿主保佑这迅捷的亚热带的日出吧。我渐渐暖和过来，在阳光下，对死亡的关切很快就抛诸脑后，只是感到渴得要命。这些人是用了什么办法让我那些蠢牛使劲，整夜赶路的呢？我情绪起伏，又呕吐弄脏了毯子。以毒攻毒吧，我会得救的。

霍屯督人的招呼声，一群群拍着手喋喋不休讲着话的男孩子，这一切显示，旅程结束了。有人在说话，没完没了地谈着，我躺在那里心里干着急。接着在两旁妇女的注视下，我被抬过溪流，抬到对面的茅屋里去。不知何故我的手下都不在，陌生人把我从担架上解开，抬起来放到阴凉处。旁观的人都避让开了，只剩下两个无所畏惧的老人和孩子们。"水！"我尖叫。真令人惊异，一个满脸皱纹的老妇人立刻拿着一只葫芦出现了。葫芦里是水，颜色发浑，有一股洋葱味。我贪婪地喝，不顾一切。我朝老妇人笑了笑，她走开了。

克劳厄来了，并没有显出我希望看到的对我的健康的牵挂。他把我从围观的人群中搬到妇女经期用的茅屋里，这似乎是指派给我的，茅屋昏暗幽静。我在茅屋里抓住这位工头的腿支撑着自己，再三地往一只葫芦里解大便，然后他去倾倒在灌木丛中。自那天起，他日复一日地履行着这个职责。他每天早晚两次给我拿来一碗清汤，通过泻药对我治疗，是那个给我拿水来的皱纹老妇给我治病。她是个阴郁的布须曼奴隶，有一些布须曼人的医药知识。我有时看见她从茅屋的门外朝我窥视，可是当我问她一些问题，诸如这是什么病,结果会怎样,她为什么对我行善给我治病,以及(这可是我的弱点)我的命运等等时,她都保持着彻底的沉默。

我发烧,退烧,又发烧。灵魂的翅膀倏忽间便扇起高热,然后缓缓地回到现实。我又沉于往日的时光了,冥想我作为蛮荒征服者的人生,沉思我视线所及尽收眼底的新的土地,默想我所杀戮的生命,舌头松弛地拖在嘴外的羚羊,甲壳干净利落地开裂的甲虫。随着思绪的翅膀的扇动,我想起了我那些身下的坐骑,靴子坚韧的皮革,来回骑行让马跑得飞快,颜面拂风。(它们充当坐骑是什么感受?)就这样,我浮想联翩。思绪脱离躺卧的床笫这窄小的空间,回到往日的世界,然后又飘忽回这异国的现实,太阳和岩石,我在茅屋避居,直到有一天能直面这些现实,不再退避三舍。砾石遍布的荒漠在蒸腾的空气中闪烁,砾石发自深深的内心对我说,在这普普通通的或红或灰的外在,人迹遍布,可是其后隐伏着一个与世迥异的内在。在探险者的猛击之下,这纯真的内在瞬间化为饱满、自信,化为世俗的或红或灰的外在表象。那么,砾石问道,一心想要洞悉宇宙心脏的抡着重锤的人怎能确认存在着内在的东西呢?难道所谓的内在不可能是虚构出来,是宇宙以此为诱饵诱人去掠取,从而引出探险者的吗?(我自己就深陷其中,一直混混沌沌不明就里,但如果洞察了自己,便会茫然无措了。这使我深感忐忑不安。)

对梦幻这个主题,我沉思,我臆想,或许还在希冀自从踏上纳马夸以来落在我身上的种种灾祸仅仅是一场梦。或者,纳马夸是个真正的魔障,还是我成了自己炼狱的囚徒？若真如此,引领我返回白昼的通途何在？是否有个咒语我必须获知？心怀信念高喊"我在梦中!",这就是咒语吗？若真如此,为何我全无信念？是否因为我害怕不仅在纳马夸的逗留是一场梦,而且我整个一生或许都只是一个梦？若真如此,梦将把我带向何方？是把我这个梦幻者带到一处孤身一人形影相吊的地方吗？难道我不是历尽艰难险阻已经来到了这小小的传说之地？我一直把这传说珍藏心底,在孤寂的黄昏借以抚慰自己的心灵。这恰似沙漠中迷途的旅行者,珍藏着最后几滴水,宁愿选择死亡,也不愿不经自己选择糊里糊涂地死去。再说,这小小的传说之地难道不也给生活平添了无数乐趣了吗？

在我闭居的第三天黄昏,最后一只归巢的燕子掠过溪水,蝙蝠开始出动的时候,我向克劳厄坦陈了自己的万千思绪,黄昏时分我常常易于泄露心底的奥秘。克劳厄一个字也听不懂,但在每一停顿之处,都适时地插一句"是的,主人"。我陶醉在自己的想入非非之中,顾不上那么多啦。

在这生动丰富然而渐次枯竭无趣的梦幻里,在我返回的现实世界中,我都以一个蛮荒的驯服者向前。

在蛮荒之中,广袤的空间和孤独已使我混沌一片了。我感知空间时,五个感官从身体向外,却像进入了真空。耳不能听,鼻不能嗅,舌不能尝,皮肤也不能感知。烈日照在身躯上,皮肤和肌肉全裹在炎热之中,皮肤徒然向外感知,可四周皆是阳光。唯有眼睛具有力量,眼神不受羁绊,四达穹野。其他知觉变得麻木鲁钝,而视觉却收放自如。我是行空的观察之目,掠过蛮荒之地,万物尽收眼底。我是蛮荒的摧毁之神,越过大地开辟出通衢大道。我的视线无所不及,我是万物之主。多么孤寂啊!每块岩石,每丛灌木,每只可悲的勤劳的蚂蚁,无不一一辨识,它们都不是我,是些什么呢?而我是个透明的囊体,内具一颗充满想象力的隐秘的心,拿着枪。

枪代表了你自身以外的借以生存的希冀,枪是此次征程中抵御孤立无援的终极防身之物,枪是我们与外界之间的调停人,因之是我们的救星。枪支所传递的信息是,外面的世界不过如此,没什么可惧怕的。枪支使我们不再忧虑我们身躯内中的生命,它把我们需要的证据献于我们的脚下让我们明白:这是一个有死亡因而才是一个生机盎然的世界。我携枪驰骋荒野,眼光敏锐。我杀戮大象、河马、犀牛、野牛、狮子、豹子、豺狼、长颈鹿、羚羊、各种各样的鹿、各种各样的鸟,还有野兔,还有蛇。在我身后是堆积如山的毛皮、骸骨,不可食用的软骨和排出的粪便。所有这一切都是我奉献给生命的另类的金字塔。这是我一生的成就,是我不倦地在证明这些死者为异类,因之其生命也是异类。一丛灌木,无疑是有生命的,可是从现实的观点看,枪对于它们却无能为力。我本人有别的办法能十分有效地把灌木和树木的死亡变成生命的赞歌。比如采用丢一个火种的办法即可。但是对于一支枪,把子弹射入树身毫无意义,树不流血,安然不动,在树的里面生命仍在延续,而外面仍为树。它就长在那儿。而对于一只在你脚前喘着气垂死的野兔来说,死是符合逻辑的救赎。它或是在世上活着,或是死去成为他物,我都会感到满意。如若它在我的体内,也就不会死去。我们知道还没人会恨自己的肉体,而肉体不会自己杀死自己。每一宗自杀都是另类杀手的告白,而并非是自愿的祭献。正如野兔的肉成为我的狗的食物一样,野兔之死也使我的灵魂不致囿于世俗,这都要归功于这只野兔,况且,野兔也不是轻易就碰得到的。

我们无法计算蛮荒的数量。蛮荒是唯一的,因其无边无界。我们可以计算无花果树,可以计算羊群,因为果园和农庄可以围起来。果园中的树和农庄中的羊本质即是其数目。我们与蛮荒的交往是种伟业,不屈不挠地把荒野变为果园和农庄。当不能用篱栏围起并加以计数时,我们另用他法来使其变为数字。杀死一只野兽,它便跨过了荒野状态和数字之间的樊篱了。我已经捕杀了一万多只生灵,那些在我脚下灭亡的无数昆虫不计在内。我是猎手,是个使蛮荒归化者。在捕猎的数量上,我是个英雄。对数字一窍不通的人也不理解死亡,就像动物对死亡不明就里一样。布须曼人就是如此,他们的语言中根本就没有计算的方法。荒野中谋生的工具就是枪。可是,对枪的需要是形而上的,并非是物质的。土著部落没有枪也生存了下来,而我也完全可以凭借弓与箭在荒野中生存。我怕的是如果没有枪,我并非会毁于饥饿,而是会毁于精神上的病态,这种病态甚至能使囚笼中的狒狒变得失禁。现在,枪支已经来到土著部落,他们注定要毁灭了,这不仅是因为枪支能大量杀人,还因为对枪支的渴望会使他们疏远荒野。我携枪跨过的每一片土地都与过去疏离而与将来紧紧束缚在一起了。

对这一通大道理,克劳厄没有回应一句话,仅仅卑微地绕着弯说,天晚了,我该睡了。从我孩提时起,克劳厄就一直不离我左右。我俩过着相同的外部世界的生活,可是在内心他却什么也不能理解。我把他打发走了。

　　土人们没有枪支,这是他们处于野蛮状态的明证。一如人们把探险者说成是空间的主宰一样,我们也可相应地将蛮子定义为空间的奴隶,因此主宰和蛮子之间的关系是一种空间的关系。非洲的高原十分平坦,蛮子一直在跨越这片空间,从未间断。他们从逶迤的地平线那儿过来,在我的眼前逐渐成人,最终到达了这不确定的地带的边缘。在这里,他们的武器对我毫发无损,我主宰着他们的生命。透过光晕,我注视着他带着野性走来。打远处说,他对于我微不足道,而我于他很可能也同样微不足道。打近处说,相互间的畏惧感会使我们之间上演一个又一个男人之间的小小的悲喜剧:探矿人与向导,保护人与受益人,牺牲品与凶手,教员与学生,父与子。土人跨过光晕,就在那儿了,可他们并非是以那些角色出现,而是以我的双眼曾经见到并摄取,而现在得以目睹领会的所有事物的代表出现,并通过他,在这块我们叫作湮灭或者称之为历史的旷野上,我也成了一个印记。他昭示,我在历史中只不过是个专用名词而已。这就是作为主宰,我们灵魂的物质基础。或醒或梦,土人的逼近总是在我们灵魂中时隐时现,这是我们突破进取生活的理想状态。牛车在炎热和苦荒中蠕行,几英里外隐隐出现了黑魆魆的人影,看得出是人了,接着辨认得出是土人了。牛车继续前行,人影渐行渐近,跨过了我们之间的这最后几百码的距离。牛车戛然而止了,牛只卧倒地上,四周寂静无声,只有呼吸和蝉鸣。他们就站在那儿,在离我们四步远,地势低三步的地方站定。我们听任事情的发展。烟草为礼物,和平的言语,水源的方位,防匪徒的提醒,枪支的展示,敬畏的喃喃低语,终于,跟在我们后面赤脚踏在土地上的吧嗒吧嗒声。迂回的求索以坦诚的直线结束,蛮子转而成为神秘的追随者,心灵也随着这些变化暗暗起伏(疲惫,宽慰,漠然,恐怖)。这仿佛是命运的安排,是生活的一种方式吧。

这些思忖使我想起扬·克劳厄作为霍屯督人与生俱来的权利。

第二天早晨,克劳厄来了。我问他,对我讲的话,他的看法如何。他说自己只是个可怜的笨蛋。我很满意。我又问为何其他手下没来看我。他说他们来过了,可我当时病得太厉害。我说他撒谎了,如果来过就会出现在我的梦魇里。再问,他说他们害怕我生的病。我说他撒谎了。"是的,主人。"他说。再问,他说那些霍屯督人使他们害怕这些茅屋(溪流对面的茅屋)。我盯住他看,他局促不安,两脚挪来挪去。

我生了什么病?我自问。患上了霍屯督病了吗?我深信没有,霍屯督病是霍屯督人才生的病,我要不了几天就能起床活动了。

我的牛车、牛只和马匹怎么样了?牛车还在那天晚上我们离开时的地方,牛很容易就可以找回来,车上除了柏油桶之类显然无用的东西之外已经空了,我的牛马和霍屯督人的牛群在一起吃草。

我指示克劳厄下次来的时候把别人都一起带来,他鞠了一躬退了出去。我精疲力竭了,希望能重回到沉思冥想中,可是做不到,却陷入一阵令人恼火的清醒和焦虑之中。在臀部离肛门左边大约一英寸的地方正在肿胀起来。会是癌吗?在臀部会长癌吗?或者它只是个巨大的疖子,是那难喝的黄汤的副作用,慢慢地从这里流出来?我曾让克劳厄来把我的身体擦拭干净,可他只用一小团羊毛擦。霍屯督人不知道用肥皂,而且避忌水,游泳时把阴茎包皮都系紧,严防水进入,女人的阴部气味难闻。

我每小时就摸摸臀部上的突起物,我并不在乎死亡,但不希望死于臀部化脓腐烂。我会很高兴在战斗中死去,被击中心脏,四周是成堆的倒下的敌人。我宁愿死于热病,无用的身躯在烈焰中幻化无穷地结束。我甚至还会乐意死在祭献柱上。如果霍屯督是个伟大的具有祭神典礼的民族,如果我被拿下,到月亮升起时分被领着穿过一排排沉默的观看的人群,来到祭献柱前,面无表情的祭师将我绑在柱上,经历那阿卡狄亚式的考验。拔去脚指甲,割掉脚趾,拔去手指甲,割掉手指,割掉鼻子、耳朵、眼睛、舌头、生殖器。整个祭礼伴随着极度痛苦的哀号,最后剖腹取出内脏,整个祭礼达到了高潮。我也许,是的,也许会喜欢这样,进入祭礼的精神世界,将自己奉献给了宗教仪式,成为牺牲品,带着已然归于美学上的完美逝去,令人释然。当然,这是要在祭奠仪式结束之时,我还能有什么感知的话。完全可以设想,当霍屯督人一阵厌烦袭上心头时会用棍子把我的脑浆打出，但是由于他们没有宗教，没有任何宗教仪式，不大可能把我奉献作为宗教仪式的牺牲。他们连偶尔为之的迷信也不存在，甚至连像样一点的巫术都没有。霍屯督人承认造物主的存在，那是因为要想象一个没有造物主的宇宙对他们实在是太费劲了。为何天地万物由无所不在的物质和空间构成等等一类的问题不会令他们操心。上帝有他自己的生活要忙活，天知道他那里有些什么烦恼和欣喜。上帝做了蠢事也可以拿他开玩笑。除此之外，正确的态度则是超然物外。"我知道，没有我，上帝一刻也不能活，我玩完了，上帝马上不能作恶。"霍屯督人唱道。

我把臀部的肿块想象成一个球茎，它那布满小粒点的根长入我肥沃的肉中。它对按压已经变得越来越敏感了，手指柔和的抚摩，会感到一阵舒服的瘙痒。这样我倒不感到孤独一人无事可做了。

一个孩子偶然进了屋子，站在床边，审视着我。他没有鼻子，也没有耳朵，上下门齿往外暴突，脸上、手上、腿上都有一块块的皮剥落了，露出粉红的肉，整个人就像拙劣的欧洲水彩画。他站在那儿，眼睛逐渐适应屋内晦暗的光线。我告诉他，这是在梦里，命令他不准触碰我。听了这话，他转身踮着脚离开了茅屋。我跟着爬出去，可他已经消失了。我需要好一些的食物，自从幽闭在这里，除了没肉的清汤，什么也没有。我的胃咕咕作响，肚子徒劳地起伏。我脸朝下躺卧在尘土中，喊着叫着要食物。这时正值下午三四点钟，辨得出溪流对面有人躺卧在茅屋的阴影里。那个红褐色小男孩从我旁边那座茅屋后面又出现了。"食物！"我喊

105

道,"对你妈妈说,我要吃好的东西!"他走开了。我卧在尘土中昏昏睡去,醒来时太阳都快下山了,感觉到臀部一阵阵跳动着的疼痛。从溪流对岸传来声音短促的怒吼,"左!""那个!""我的!"太阳的余晖里,两个男人面对面蹲着,挥动着手臂,一会儿碰在一起,一会儿又远远分开,从膝盖到脚跟不停地摆动,吼着笑着。这是一种古老的霍屯督游戏,我想。很快,开饭的时间到了。克劳厄给我带来了那个女巫做的汤。我要求吃肉,他去拿来了干肉。我连撕带咬,像狗一样。

毫无疑问,我的胃还不适应不易消化的食物,吞下的肉使胃整夜扭痛,最终一股酸液喷涌而出,灼到那敏感的痛疽。克劳厄动作轻柔地拿着的那污秽不堪的一小撮羊毛也不能带来令我感到颤抖的愉悦。现在,在那里,随着心脏的跳动开始了微微的搏动。我询问克劳厄,吃什么东西既能养胃又能不使我虚弱下去?我需要麦片粥,他说,碾碎用文火熬上几个小时的温和的粥。我诅咒霍屯督人目光短浅,从来不种植谷物,日复一日只是大量肥肥的河马肉。猎手们从大河那边归来了,带回满满一滑橇经过粗加工的牛肉,这头牛落到了他们设下的陷阱里。他们还带回了一头小牛,四脚捆住朝天放在另一个滑橇上,那是二百磅鲜嫩的肉。小牛看着母牛在陷阱的桩子上流血慢慢死去,猎手们趁它不备时活捉了它。女人们用棍子不停地击打着小牛,为屠宰做准备。要在小牛心脏还在跳动的时候,打破它的小血管,这样屠宰的时候流出的血就少了。突然,小牛挣脱了,摇摇晃晃地从茅屋后面跑了出来,一群人嬉笑着追逐它。小牛扑通跳到溪水里,抽搐着,喘着粗气。人们让它在水里站了一阵子后,用棍子把它又赶回到屠宰的场地。我很想要牛肝或烤牛舌,可心里明白我的胃消化不了,因此我让克劳厄去那里,务必取回一些精肉,不带肥肉的,拿来做肉汤。肢解小牛时克劳厄一直站在一旁,设法弄到了小块牛肉,加了些野葱,给我炖成养人的肉汤。这是自打幽居以来有滋有味的第一顿,吃了也没有呕吐。

我心情很好,让克劳厄离开去参加他们的庆宴。从我这里看不到营地中心的开阔地,我就在茅屋门廊安顿下来倾听。有两个女人在同声唱着,"嚯——嗒,提——特——塞",伴随着大杵的咚咚声,这忧郁的气氛间杂着树上鸟儿的声声啁啾穿过暮色飘来。暮色愈浓,茅屋顶那里看得到大堆营火的火光。歌声停歇了,有好一阵子只传来喊声和笑声。然后从黑暗中开始传来了芦笛的试音声和木弓的嘎嘎声。我一直在等着听到这声音,庆宴的第一轮过去了,现在该是表演和舞蹈了。将要彻夜狂欢没有停歇,直到几百磅河马肉和备着的酸奶蜂蜜等等全部吃光。对自己的状况我感到越来越烦,越来越厌,可这却让我安心多了。厌倦乏味是一种霍屯督人所不具备的情感,是较高人性的标志。我的病肯定在痊愈中。我站起身来,头晕目眩,但是站住了。两手把臀部分开,走几步停一下,向岸边走去,我在那里躺卧了一会儿,观看大火堆前的人影。然后过了小溪,在茅屋间踽踽穿行,犹如一个鬼魂,犹如令人扫兴的瘦骨嶙峋的先人。马上就有人发现了我,"他到这儿来了!他在这儿!"一个女人尖声喊,人们围拢过来,芦笛声也渐渐停了下来,四下里充斥着某种宁静,人们与我保持着距离。"我没有恶意。"我说。有个女人厉声悲鸣起来,人群中却有人笑了,缓慢而有节奏地开始拍起掌来。一个男人挤向前,我认出来,是那个骑公牛的人。"你走开,"他说,"走开,走开!"他朝小溪方向挥舞着手臂,有些生气地迈向我。我转过身来,离开了。我的臀部两边互相摩擦着,可是我现在绝对不能做出会令他们误解的姿势来。人群向两边分开,注视着我,可是孩子们在我的前边一面往后退一面吵吵闹闹地喊着:"来,来呀!"一阵愤怒的血液直冲我的头顶,一阵眩晕,我不得不两手支在膝盖上站立片刻。

孩子们在溪流的岸边停下来,我开始渡溪,感到有一只手扶住了我的肘部,原来是克劳厄,他满脸羞愧。我咬紧牙关,甩开他。芦笛又奏响了,伴着舞步踏脚的节拍。火堆映照下,看得见有两队人在慢慢地转着圈子,第一列男人圈子由九个吹芦笙的男人打头,代表九个音阶,然后是女人的队列。男人们三步向前,两步向后,背脊弓起,双膝和脚弯曲向外撇。女人们迈着小小的有规律的步子,臀部高高地翘向空中,双手轻轻地叩击着节拍,唱着极具挑逗性的歌"纳马夸的鸽子"。令人兴奋的高昂的单调门的芦笛声伴着令人震颤的木弓声,与髋部动作的节奏合拍。男人的舞姿错综复杂,眼睑低垂,他们各具旋律和节奏,但十分协调。女人们手和脚的舞姿幅度很小,腰腿部保持不动,对男人心照不宣地嘲弄。这一切使我心中充满了新的渴望,难耐的肉欲。这种舞的灵感源于鸽子的性前戏,雄鸽抖开羽毛摆动着步子追逐雌鸽,雌鸽在前面几英寸处走动,装作没看见。

这种舞传神地暗示了这种绕圈追逐,但是除表达了这种追逐之外,还显示了内在的东西:两种性的模式。一种质朴而狂热,另一种华丽而高雅。舞的节奏渐趋简单,人们抛开舞步的腾挪,跳舞转变成为性的狂热,终以群交达到了高潮。再没有什么比这些更能使我解闷的了。我一直都爱观赏交合,无论是动物抑或是奴仆的。人类的一切所作所为没有什么是与我相悖的,我克制着自己的欲望,直看到深夜的凉风刮起才回去睡觉。

第二天早晨醒来,我感到饿极了,发烧和虚弱已一扫而光,余下的只是那个痈疽了。我试着轻轻按一按,顿感一阵尖锐的疼痛,然后慢慢退去,我很想照照镜子看一下。

克劳厄没有送来食物。我毫不犹豫地跨过小溪走到他们的营地去。经过像昨天那样的淫荡之后,霍屯督人会昏睡上一整天,只要一个敌人便可把他们统统杀光。

我朝第一座茅屋探头一看,里面睡着我不认识的人。在第二座茅屋里,我发现了失去踪影的手下,坦布尔兄弟最靠门边,盖着水牛皮相向睡着,睡梦中孩子气地微笑着。他俩之间躺着个女孩,睁大眼睛看着我,她的胸部才刚刚长成,他俩在她刚成熟时便逮着了她。我向后退向房门,暗淡的光线中,我瞥见在里面还有一些人睡着。

我也探索了一下小溪我这边的一侧。我旁边的茅屋里是我探望过的那个老酋长。他的下颌用一根皮带系着,双臂交叉。我移掉他身上盖着的东西,发现他的左腿从膝盖到腹股沟紧紧地绑着布条,发出腐烂的气味,他的腹部已经缝合了起来。

下一座茅屋的门边，那个浑身红褐色的孩子在撒尿，见到我就慌慌张张走了进去，然后又出现了，手牵着一个没有鼻子的女人的围裙，她手中拿着一柄木匙。我向她打了个招呼，她张开嘴，手指向嘴里指指，我摇摇头。她的喉咙里传出刺耳的嘎嘎声，向我走过来。我转身离开了。还是见不到克劳厄的影子，我又回到坦布尔兄弟睡着的茅屋，进了屋子，感到些许不好意思。两个男孩还像刚才那样躺着，女孩还是醒着。我盯着她，不知她是否会喊出声来使我尴尬。可她报我以微笑，是一种相邀的微笑。我几乎难以置信她头脑如此简单，竟会以为我会与我的仆人们分享床笫。我没理会她，蹑手蹑脚向里屋走去，旁边睡的是普拉杰，脸上很平静，与我所了解的他那种焦虑又胆怯的性格全然不同。接下来就是那个失踪的克劳厄，他睡着，两臂环抱着一个巨大女人的腰部。她双颊凹陷，头发散发着油脂的臭气，有个大约五岁的孩子紧紧依偎在她怀里。我伸开五指抓住克劳厄的肩膀，对着他轻声耳语，他眼皮动了动，身体蜷曲了起来，就像一只毫无防卫能力，伪装成蜥蜴粪球的昆虫。我大声唤他："克劳厄！"声音在他的耳朵里隆隆作响，他张开眼睛完全清醒了，眼神打着斜瞧瞧我，可身子还像一块石头似的紧贴着女人肮脏的颈背。几个星期以来，我第一次感觉到一阵欣喜掠过全身。"克劳厄！"我耳语道，他肯定辨出了我声音里的笑意，"我的早餐呢？我要吃早餐啦。"

他不愿朝我瞧，不愿对我讲话，汗水从他的腋窝处渐渐渗出来。我戳戳他的臀部，"站起身来，我在对你说话呢！早餐呢？"

他叹一口气,双手放开女人,跪在床上摸索着衣服。显见已经是个精神萎靡、满脸皱纹的老人了,长长的烟灰色的阴茎颓唐地悬垂着。

"主人!原谅,主人!"普拉杰枕着一只手仰天躺着,对我说,"主人为什么不让我们睡觉?"他两眼直视着我。我紧抿双唇,做出过去他肯定熟悉而害怕的表情,但他并没退缩,脸上是一种霍屯督式的笑容。我不知道还有谁醒了,在听我们的对话,可我无法把视线从普拉杰身上移开。"我们累了,我们睡得迟,我们要睡觉。主人必须让我们睡觉。"长时间的安静。"如果主人要早餐,主人或许必须自己去找。"我朝他迈了一步。再迈一步我就要猛踢了,在过去,这样一踢会正中他的下颌骨,他脖子上连接头颅的筋腱会全部扭伤,颈椎骨会折断。但我刚迈出第一步,他就猛然掀起毯子一角,没有动弹的那只手拿着一把刀靠在髋部旁。要是踢不准的话绝对不行。下次,我暗自说,看下次。

"主人是病人,"普拉杰做得过分了,"主人必须躺下,恢复力气。等会儿我们起来以后,会给主人送些东西过去的。主人就住在小溪对面,不是吗?"

"走!"我对克劳厄说,大步走出茅屋。

"主人想要我们送些什么东西过去?"普拉杰喊道,"主人想要点儿屁股吗?"茅屋里轰然响起咯咯的笑声和嗬嗬的叫声,普拉杰的叫声更响,"我们也许很乐意给主人送些年轻漂亮的屁股过去!"我走出这沉睡着的村庄,一路上传来一阵阵下流猥亵的话。

我在茅屋里等着,克劳厄来了,我知道他会来的,服从的习惯是不容易打破的。他顺从地为普拉杰道歉：他不知道自己在干什么，他只是在炫耀自己，他还不过是个孩子，兴奋过头了，喝得太多了，别人在引诱他学坏，等等。他带来了饼干，是从我自己的饼干箱子里拿来的，霍屯督人在狂欢时也拿过。能享用文明的食物，我十分高兴。"那个女人是谁？"我问，接着说，"对于那码子事，你太老啦，克劳厄。"可这话却一点儿也不像消除芥蒂的小小幽默。克劳厄又回复到了老样子，笑笑，两脚挪来挪去。他是没问题的。"克劳厄，"我告诉他，"我们要离开了。""是的，主人。"

　　还要做些准备工作，特别是有一件事要准备好。以我现在的身体状况，真要开始旅行，我不可能骑马也不能步行，必须割开那个痛疽。于是我把克劳厄那十分有用的羊毛团放在衣袋里，向小溪上游走去，直走到灌木丛挡住，从营地那边看不到我的地方。我脱下裤子，两膝向上抬起，朝天躺下，头顶住一块大岩石。我小心翼翼地用羊毛束在红肿的痛疽上涂些油脂，因为看不见就更想知道，它到底有多大。看见了才能明白，手指尖无法区分它们自己的感觉和它们所触及的皮肤的感觉，有时感觉只是个小脓包，四周疼痛的范围很大，而且疼痛的轻重不一，可有时却感觉是个大脓包，高高凸起，十分敏感。

　　我用两手的拇指关节夹住脓包，全身为挤压做好准备，我逐渐增加挤压的力量，接着发狠全力挤压下去。多多少少显示了一个壮年男人的毅力。剧痛一浪盖过一浪，心里甚至默默要承认失败了，"失败是常见的"，内心在悄悄地说,我决然打消这个念头。挤压塌陷的地方出现了反叛的搏动,我好像分成了两半,一边是坚持的骄傲感,另一边是心脏几乎快停止跳动了,直想停下来的祈求。脸上布满颗颗冷汗。肚子又要泻了,我忙爬起身来,去蹲跨在小溪上,一阵黄色的液体向下游漂去。我清洗一下,准备重新苦干。

经过刚才的挤压,表皮肯定已经变软了,我现在刚挤下去就惊讶地听见,或者说并非听见,而是在耳鼓里感觉到皮肉塌陷下去。一股液体涌出,浸透我的手指,然后点点滴滴流下,又湿又暖,身体松弛了下来,我一面右手继续挤,一面匀出左手放到面前来仔细查看。能够做到这样,我这个横遭天谴的人已经是感激涕零了。

在这件事快结束的时候,我正把臀部浸在流动的溪水中享受流水的凉爽,突然有人打断了我。那些令人讨厌的,抓住任何机会捉弄陌生人的男孩们刺耳尖叫着从矮树丛中跑出来,他们一直在那里偷窥,我吃惊得缓不过神来,叉腿站在溪水中像一头羊那样。他们神气十足地跳来蹦去,挥舞着我的裤子,激我去追他们。

如果他们以为吃惊和蒙羞会使我软弱,以为可以指望一大早好好乐一乐,看我血污着屁股,光着毛森森的腿,跟在后面跟跟跄跄地追他们,不时地把刺从脚上拔出来,苦笑着,滑稽地哀求着,他们可就打错算盘了。我像一头狮子般怒吼,像阿佛洛狄忒①浑身溅起水珠,向他们扑去,他们落荒而逃。我的利爪像耙子一般在他们的背上抓开皮肉,一

① 阿佛洛狄忒,古希腊神话中爱与美的女神。

记重拳猛地把其中一个击倒在尘埃中。上帝，我扑到他的背上，他的同伴四散逃入灌木丛，三三两两地又聚拢来。我把他的脸朝下压到石头地上，拉起来又踢倒（用脚掌踢，以免脚趾踢破），一次再次地拉起来又踢倒，同时向他的同伙喊着想得起来的最最肮脏的霍屯督脏话，叫他们回来，像男人般打斗一场。我这样做是轻率的，起先一个男孩，然后整群都过来了。他们抱住我的后背，拽住我的手臂和双腿，把我摔倒在地。我愤怒地尖叫，猛咬钢牙，一抬头咬下满嘴的头发和一只耳朵。顷刻间，我大获全胜。突然间有一只木弓击中我的肩膀，我整个手臂麻木了。我又被压倒在地，就像一只大甲虫朝天躺着，挡开他们的膝盖和脚，护着肚子不要受伤。透过挥舞着的肢体，我瞥见击中我的东西，一个新来的陌生男人手中拿着棍子，还在这场混战的外围转着，等着让开一个缺口。更多的保护人来了，我输了，只能乞求免于一死了。

我受尽屈辱，被人拉起来，又被摔倒在地，被他们一个个地殴打，他们还向我投掷沙土砾石，我丝毫不加抵抗。他们冷静下来，愤怒变成了仇恨，决意要给我终极的羞辱，而我则决意保护自己的生命。对荣誉的无知或者对荣誉的蔑视，在敌对的双方来说，这两个目标并非是不相容的，反而双方都可以得到满足。

我跪在圈子正中，赤裸着身子，浑身肮脏，脸埋在双手中，强忍住啜泣，因为我明白自己是谁。两个孩子从我身边急速跑过，他俩之间拉着一根绳子，在手臂关节和腋窝处挂住我，猛拽之下，我朝天仰倒在地，蜷起身子尽量护着脸部。

很长时间没见动静，人们纷纷耳语，又大笑起来，他们扑到我的身上，我被紧紧地压在地上，喘不过气来。蚂蚁窝压坏了，激怒了的蚂蚁乱作一团，小小的钳子似的螯肢镰刀般挥舞着，身体鼓胀，满是蚁酸。它们袭击我分开的臀部，爬到敏感的肛门和还在滴着液体的痈疽上，落在我神圣的睾丸上，我尖叫起来，痛苦而深感羞辱。"让我回家去！"我喊道，"让我回家，我要回家！我要回家去！"我可怜地挣扎着想挪开些，连会阴肌肉的气力都用上了，可丝毫动弹不得。

恐怖的绝望来临了，有人坐到我头上，甚至连下颌都动弹不得了，疼痛已变得微不足道。我可能要窒息而死了，而这些人根本就不在乎，他们折磨着我，无所不用其极，肯定无所不用其极，任何人都肯定看得出来。但是他们这样做并非出自邪恶的灵魂，"他们感到太乏味了，"我自语，"他们这样做是因为生活太单调贫乏了，"又说道，"罪犯们是感知不到自己所犯下的罪行的。对于他们来说，我无足轻重，什么也不是，只是生活中的一个事件而已。"不再有怒火，不再有疼痛，不再有恐惧，我蜷缩返归自我，淡漠冷静，得失已定。

对于我咬下耳朵这件事，他们记恨在心。"滚。离开我们。不能再给你庇护了。"

"我也想走，离开这里。"

"你自己没孩子吗？不知道怎么和孩子玩耍吗？你残害了这个孩子！"

"不是我的错。"

"当然是你的错！你太狂野，我们不能再让你留在这里了。你的病已经好了。你必须离开了。"

"我也想要离开，可是我首先得要回我的东西。我的那些东西。"

"你的东西？"

"我的牛，我的马，我的枪，我的手下，我的牛车，牛车上的东西。你们得要告诉我牛车在哪里。"

我把手下召集起来：克劳厄、普拉杰、阿多尼斯、坦布尔兄弟。

"我们要离开了，我们要靠自己了。我们必须找到返回文明的路，旅途不会轻而易举。我们什么也没有，没有牛车，没有牛，没有马，没有枪，除了身上背负的东西，一无所有，所有东西都被偷走了。瞧瞧，我们是跟什么样的人在一起，你们相信了他们，太天真幼稚了。

"把你们的东西收拾起来，尽可能多地弄点食物，特别是牛车上我们的那种食物，看看还有没有什么剩下的。去找些装水的皮袋。太重的东西不要带，我们要步行几百英里的路呢，而我身体还没好，走路不方便，背不了东西。我们要像布须曼人一样靠疏林草原生活了。"

阿多尼斯咒骂起下流话来，我迈前两步，扇了他一个耳光。他有点儿醉了，躲避不开，便猛地向前抓住了我的肩膀。我奋力挣脱他，可他就是不放手，脸顶在我的胸口，说着胡话。在他弓起的背脊后，出现了普拉杰阴森的影子，这个帮腔的家伙。普拉杰把那句脏话又重新咒骂了一句。我暗想要面对面地对付他才好,就松开手把阿多尼斯丢在一旁。"主人可以走,"普拉杰说,"主人和主人驯养的蠢货可以走。我们说再见,主人,再见,祝你好运。只不过主人,下次要看看你是揍谁。"他用食指轻轻地碰碰我的下巴,"当心点儿,主人,明白?"

下次,蠢货,等下次。

就这样,我只带着克劳厄走开了。

"那么,你听见我刚才讲的了,去取我们的东西吧,不能等了。"

"是的,主人。"

他花了很长的时间。忠诚的老克劳厄不很聪明,但真的是个好仆人。他费尽周折才从他们那里逼出点食物来。我听着鸟叫声和蝉鸣声,远处有个婴儿在啼哭。人们看着我,不过他们也没什么别的事情可做。这些人根本不屑一顾,我双手背在身后轻松地站着。我站在你们中间,但与你们不是同类。我感到冷静而兴奋。我要走了。我没有失败。我还活着,因此,我赢了。

克劳厄回来了,拿来了卷成一卷的毯子,粮秣放在一只小采集袋里,有饼干和干肉,没有储水皮囊,却拿来了两个用绳子穿在一起的葫芦,走动的时候互相碰撞着,古里古怪女人气的东西。"回去,去把储水皮囊拿几个来。"我告诉他。"我们用不上水囊了,"他说,"皮的东西他们都不给我们,主人。""那么,我们自己的储水皮囊呢?""他们不肯还给我们,主人。"

"你搞到刀子了吗?""有的,主人。""把它给我。"我们要进入荒野中去了,有刀子,有火石,我笑了。

出发了,朝东南方向,向列文进发。我走在前,做出轻快的样子,克劳厄脚步噔噔地在后面跟着。人群在围观,但是没有道别的话,原本会在我们身边来回乱跑的孩子们现在都变得怯生生的了,我给了他们一个教训。那四个变节者也在看着,毫无羞耻之心。我暗自想,在这些没开化的霍屯督人中间,他们能指望过上什么样的日子呢?

第二天我们到达了列文河。一步步走掉这有定数的回家的里程,有一种不可名状的愉快,我两腿叉开迈着蹒跚的步子,情绪高涨。路特别难走的时候叫克劳厄背我,他一次背一段路,毫无怨言。我的大便通畅。夜间寒冷,我们互相靠着入睡。

在列文河边,我们驻扎了几天再继续向南的旅程。带的食物吃完了,但是根茎和雏鸟很充足,把雏鸟包在泥里烘烤,连骨带肉全吃掉,一次要吃十来只呢。我制作即兴饮料享用,砍下柳枝做成弓箭。我整个早晨躺在那里等动物来饮水,射中了一只羚羊。克劳厄追了一整天,结果没追到。后来又射中一只,这次抓到了,由于没有盐无法保存羚羊肉,只有狼吞虎咽拼命吃,以免浪费。我还自己修补鞋子。我们过起了布须曼人的生活。

我们悠闲地沿河漫步,我的臀部正在收口,我信心十足,我做的这把弓箭能使我们在这个春季活下来。

我把零碎的东西都抛弃掉。

我们到达了格雷特河的一个渡口,第一场春雨过后,河水猛涨。我们在岸边扎营等了两天,洪水不见消退,我决心试着过河。

我们尽可能把两人牢牢系在一起。渡口有四分之一英里宽,浅滩上河水急速流过,最深处也不过到我们胸口。我们慢慢前行,一步一步地挪动。克劳厄在前,用一根棍子探测河底的深度。不知怎的,有个河马坑没有探测到,他一下子失去了平衡,湍急的河水猛地绷断了把我们系在一起的绳结。克劳厄被冲过浅滩直冲到深水那边去了。我恐怖地眼巴巴看着忠心耿耿的仆人与伙伴挣扎着往下游冲去,传来断断续续呼救的喊声。他那种喊声我一辈子都没有听到过,可我却无能为力,没办法救援。冲过一个河湾,他消失了,走向他的死亡,身上还背着那卷起来的毯子和所有的食物。

*　　*　　*

渡河花了整整一个小时,因为担心滑入河马坑中被激流冲倒,我们每迈一步都要探测河底。浑身湿透,发着抖,终于到达了南岸。点燃火堆烤干衣服和毯子的时候,已是下午很迟了,刮起了阴风。我最担心生病,竭力跳来蹦去保持身上暖和。可是克劳厄把我们的衣物摊摊开,就沮丧地在火堆前蹲了下来,光着身子缩成一团,烤着火。我断定就是因为这个错,还有披湿衣服的缘故,他病倒了。那天夜里他发冷,一阵阵地打寒战,紧贴着我,到早晨时分发起烧来,不想吃东西。我不懂草药,只有给他喝热水,用衣物把他围起来。火堆并不能使他的身体内部暖和起来,他又整夜寒战不止。夜里露水很重,渗开来都有点儿湿了。他嘶哑着不停地咳嗽着,眼神毫无生气,这使我很沮丧。如果当时听我的话,或者随便听一点儿,病或许已经好了。他奴性的性格使他承受得了日常生活的重压,而当灾难降临时,则十分脆弱。

我思忖,在这条大河的河谷里,夜晚过于潮湿,他的身体只可能每况愈下。我唤起他的希望,乘着他气力耗尽之前,促使他开始攀登南面陡峭的山坡。我们走走停停,终于登上了一半的路程。这时,猛烈的咳嗽使他跪倒在地,我让他休息一小时,劝他吃些有营养的东西。这次停顿又是个错误,他的肌肉僵硬得动弹不得,十分疼痛。我在山坡上找到一个山洞,把他在里面安顿好。洞口生了一堆火,防夜风吹到我们。我睡在外侧照料火堆。到早晨时,克劳厄瘫痪了,他似乎能听懂我的话,但是不能动弹,甚至不能回应,只能缓慢低沉地吐出几个字来。我拖他起来,他又瘫了下去。"克劳厄,老朋友,"我说,"你情况很糟糕,可是别害怕,我绝不会抛弃你。"我花了一早晨去寻找食物,空手而回。回来时他清醒多了,声音也有些许气力了。"我们走吧,主人,我能走。"老天爷,他收拾得井井有条。在炎热的下午,我们缓慢地攀登。太阳落山的余晖中,我们登上了山脊。抬头远眺,面前是一望无垠的红色砾石荒漠。"不,主人,"克劳厄说,"我没法走过去了,你把我留下吧。"这高尚的一刻值得永远铭记啊。"克劳厄,"我说,"我们是得现实一些了,否则两个人可能都会死在这里。如果我一个人尽快地走,然后骑马返回,一个星期内就可以带来人手。你看怎么样?""对,主人,你走吧,我没事的。""今晚我仍在这里照料你,扬,早晨再去搜集些食物,我会把水留下来。"我俩的契约就这样谈定了。我为他准备了所有必要的东西，匆匆搭好防风墙，搜集薪柴，采集所有我辨认得出的可以充饥的植物。"再见，主人。"他说，哭了。我的眼睛也湿润了。我迈开大步，他摇手挥别。

我独自一人了，再没有克劳厄与我做伴，就像一个母亲刚过世的青年，意气风发。我在这里，自由自在，要开始跋涉这片荒漠了。我哼小调，我咆哮，我发嘶嘶声，我怒号，我尖叫，我赞叹，我吹口哨。我跳舞，我跺脚，我匍匐前进，我转圈子。我坐在地上小憩，我往地上吐口水。我踢，我抱，我抓，我蹬。这个猎象人握着一副弓箭，在七十天眼睛和耳朵的监视之后，为重获自由而狂喜，而竭尽一切接触这片天地。我创作了一首小曲来唱：

"霍屯督，霍屯督，

而我不是霍屯督。"

小曲用荷兰语唱比用纳马夸语更美妙，变调花式唱法时也是如此。我在地上挖了一条狭长的缝，要不是开怀大笑使我那四英寸长悬垂着的东西忍不住要撒尿的话，原本是要采取一个原始的行动的。"上帝，"我喊道，"上帝，上帝，上帝，你为何要像这样来爱我？"我溅着口水吐着白沫。可是既没有雷声也没有闪电。我大笑，连支撑脑袋的肌肉都笑酸疼了。"我也爱你，上帝，我爱万物爱石头爱沙子爱灌木丛爱天空爱克劳厄和别的人爱世上每只虫子每只苍蝇。可是上帝呀，可别让他们爱我。我不要与任何人为伍，上帝，我要独自一人。"听见自己说出这些话来，感觉棒极了。我还是认定，石头是如此内向，如此沉默，它们乃是我的最爱。

我抛开身上的衣服，浑身用毯子包起来，一阵陶醉中双脚摩擦，大腿像情人般互相紧贴，双臂交叉在胸前。我冥想着神奇的上苍，渐入梦幻。一股温暖的散发着脂香的牛奶从天穹缓缓淌下，注入我那渴望的咽喉。

在水边可以找到一种小小的黑色甲虫，我很喜欢。如果搬起它藏身的石块，它就会慌慌张张地逃走。把它挡住，它就从另一条路逃走。如果把所有的路都堵住，或者把它拴起来，它就会把腿收拢，就这么一直装死，无论你用什么办法都没用。这样你就会认为它是受惊吓而死了。你把它的腿一只一只地拔掉，它也一动不动，保持着装死的样子。只有当你把它的头从身体上拔下来时，才有一股轻微的昆虫的悸动掠过它的躯体，这当然是无意识的了。

在最后一刻，是什么掠过了它的心智？或许它根本就没有心智，也可能习性就是它外显的智力，就如人们常提到的合掌螳螂的习性。可是这是一只真正意义上的芝诺①生灵。"现在我只是一半死了。现在我只是四分之三死了。现在我只是八分之七死了。在你的手指拨弄下，我的生命正在无限地回归。你我都能永远一小点一小点地进行下去。如果我一动不动足够长久，你就会离开。现在，我只是十六分之十五死了。"

---

① 芝诺，指埃利亚的芝诺（Zeno of Elea），公元前五世纪希腊埃利亚学派哲学家，提出著名的芝诺悖论。

落在霍屯督人手上那段时间里，我心里一直珍藏着这只芝诺甲虫。我准备了很多腿，比喻的腿，还有别的许多东西，准备失去，而在我自身迷宫最隐秘的胡同里，我将自己藏匿，彻底放弃了抵抗。霍屯督人的攻击令我失望，他们是为了羞辱我，攻击点很明智，可是从一开始就行不通。我的身体本身就是迷宫的一部分，外部与内部是个整体，男人的躯体不存在内部空间。霍屯督人根本不懂得如何突破一个人，那要蓝眼睛的盎格鲁-撒克逊人才能做得到。

　　既然我现在已经遭受了咯咯大笑的蛮子的羞辱，观察自己的时候要以怎样的新的眼光才能洞悉自己呢？我能更好地了解自己吗？我前臂和脖子上的皮肤一圈圈界限分明。一边是蛮荒开拓者和屠象人粗糙的红褐色皮肤，一边是霍屯督人手上的病人和受害者的皮肤。我耸耸白皮肤的肩膀，拍拍白皮肤的臀部，好想有一面镜子。或许可以找到一个水池，小小的清澈的水池，湖底是要暗色的。我可以站到池中，云彩倒影重归平静的时候作为画面，我就可以像别人看我一样看看自己，辨认一下手指曾摸过的痈疽，辨认一下自己对自己做的暴力的疤痕。

　　我继续着对霍屯督人的探索，试图找到他们在我个人历史中的位置。

　　霍屯督人没有能够渗入到我的内心，使我甚为失望。他们当时冒犯了我的隐私，全部属于个人的东西，从我的财产到我的身体。他们对我下了毒。可是，我能断定我中了毒吗？也许当时那么长时间我并非是生病，而只不过是不习惯霍屯督人的饮食？

如果他们下了毒,用了一种药性发作缓慢的毒药,那么他们是不是按照以己度人的原则来下毒,或者他们根本不懂下毒,是不是剂量太小了呢?可是野蛮人怎么可能不背信弃义,怎么可能不懂下毒呢?那么,这些纳马夸的霍屯督人真的是野蛮人吗?那他们为什么护理我?他们为什么放了我?他们为什么不杀了我?他们对我的折磨为什么那么马虎甚至随意?他们对我的这种漠然是不是一种蔑视?我作为一个人,是否引不起他们的兴趣?是否有别的什么牺牲品才能激起他们真正的野性?那么在这个意义上,真正的野蛮是什么呢?野蛮是一种生活方式,蔑视人的生命的价值,从别人的痛苦中得到感官的快乐。可是从他们对我的护理,有什么证据可以指向他们蔑视生命或以别人的痛苦为乐?确实,有什么证据可以说明他们具有某种一贯的生活方式?我曾生活在他们之中,没有见到政府、法律、宗教、艺术,只有粗野的歌声和淫荡的舞蹈。他们除了对我牛车上的那些不值钱的东西贪心之外,还表现出了什么一贯的特质呢?只有懒惰和吃肉的胃口罢了。我一旦被剥夺了一切,我对于他们还是很关痛痒的吗?对这些人来说,生活只不过是一件件的事情而已,而我难道不就是又一次事件吗?就没有什么法子可以使他们更认真一些对待我吗?

　　毯子温暖舒适,包着我就像蚕蛹一样。我向着太阳伸出双臂。现在正是早晨的那一刻,肌肤和空气的温度一样。我从蛹里"羽化"出来,伸展我的翅膀。有一阵子我沉浸在无拘无束的感受之中,脚趾踩在沙子上十分舒适,我向前走了几步,石头终究是石头,还不能不穿鞋子。我断定,纳马夸人并非真正的野蛮人,我自己就见到过比他们更野蛮的人。用不着再考虑他们了,是时候了,该出发了。脚上穿着鞋,光着男人气概的身子,衣服打成一捆背在背上,我向南迈开大步。

我给自己设定了任务:回家,这可不是一件稀松平常的任务。我总是从事物光明的一面来看问题,因此更喜欢把这个任务看成是一次竞赛或者是一次较量。说起任务,总会使人感到有点儿乏味,会想起监工和监工的那些要求。而竞赛,这次竞赛,是与不偏不倚的天地万物竞赛,一面行进一面创立规则。从这个观点看,霍屯督人驱逐我,也不过是一次竞赛。我装备简陋,要步行穿越三百英里的灌木丛地带。下次完全相同的穿越就可能是我与天地万物间完全不同的一次较量了,可能召集一支探险队胜利地返回,惩罚那些劫掠者,归还我的财产。可能发生的第三种竞赛是,在探险过程中落入陌生的霍屯督人之手,历经欺凌屈辱背叛,并被驱逐。可能发生的第四种竞赛是,遭受饥饿干渴的折磨,最后在一丛刺灌木树荫下蜷缩成一团死去。

每场竞赛的挑战都是在经历历史,如果我幸存下来,胜利就属于我。第四场竞赛最有趣,是芝诺学派的例证。只有一个无限小的自我幸存下来,一个小小的"我"的回声轻轻回荡在空旷的永恒之中。我现在的大事,第一就是回家,会十分单调无聊。我从一个干得不错的猎象人蜕变成一个白皮肤的布须曼人无足轻重,已经失去的就让它失去吧,这只是暂时的,连这白色的皮肤甚至也可能失去呢。令人沮丧之处是这三百英里一模一样的回头路,旧的足迹,熟悉的景色。回程中我能保持清醒,用最短的时间返回到家中,过上沉闷而体面的农场主的生活呢,还是会意志薄弱下来,感到一阵厌倦,迈上一条新路,引导我到一个全新的生活,也许就像现在这样,过一个白皮肤的布须曼人的生活?我必须提防,没有规则的生活会使我在宇宙的四野中化为乌有。我顽强地一步一步前行,为使自己的头脑里有事可做,所有想得到的公约数都在心里计算过了。数字越大越好:三百英里的路要迈多少步子,一个月有几分钟。我还想一些捕猎的遭遇,例如一个弓箭手耐着性子蹲在灌木丛的背风处等待,或者循着血迹追逐。一条蛇从树枝上悬垂下来,触碰到我的面颊。一只头上长有尖角的公鹿一反常态转身向我冲来。可是无论是这些想象还是那些计算,都不能使我对必须做的事有丝毫懈怠。时时的饥饿和干渴是我这个沙漠旅者另外两个必须履行的职责,可我同时仍执着于新奇的事物。原先丰硕的躯体现在消瘦成了影子一样的人,大步向前,努力寻找食物和水,兼程赶路,用死去的动物的脂肪涂抹在皮肤上防晒,阳光把我晒成了红色和粉红色,可就是晒不成霍屯督人的褐色。

　　我到达了一个定居点的边界,这时我才兴奋了起来。一眼看见温驯的牛四散在草地上,我的身心便仿佛注入了新的生命。我以猎手的机敏匍匐到一头离群的牛旁边,用刀刺死了它。然后在茂密的草丛里闪到一边,干净利落地用箭射中牧牛人的臀部,我喊叫,扔石头,击退了他的进攻。我放纵着自己,整整一天的嗜血和混乱。这是在殖民地上对财产的突袭,整件事情都够写一本书了。我心中充满了男人的气概,那些不幸的布须曼人的头颅就是这场突袭的成果。

在1760年10月12日傍晚,我到达了我自己土地的界标之处。在僻静的地方穿好衣服,把弓箭埋藏起来。犹如上帝一阵旋风降临一般,我扑向一只羊,割开了它的喉咙。一个无辜的小小生灵,还从没见过它的主人,只打算美美地睡上一觉。厨房的窗户里射出温馨的家的灯光。没有忠诚的猎犬前来迎接我。我手中拿着羊肝,那是我的最爱。一脚踹开大门,我回来了。

大纳马夸地区的第二次远征

【与亨德里克·霍普上尉的远征 1761年8月16日至1762年4月27日】

我们在拂晓时分突袭了他们的营地。著名作家们常常将此时此刻描写为战争的时刻,天上泛着红色条纹的光晕,预示着一个狂暴的下午。隐蔽的人们搅扰着静止的空气。一个漂亮的女孩头顶水罐走向溪水边,她听见马匹的嘶鸣声了,抬头一看,凄厉地叫了一声掉头就跑,还保持着水罐的平衡。她顶水罐的技艺真好。一声枪响,那种我所赞赏的干脆利落的枪声,击中了她肩胛骨之间,就像马匹猛踢,把她击倒在地,这是这里第一件利落的死亡。没有什么回声,却犹如一个大理石球在我那漠然冷酷的头脑里隆隆滚过。我发誓,美丽的死亡,我不会令你失望。我们急速地前进，茅屋门里吃惊的人们盯着我们，早晨的炊烟从屋顶直直地升起在空中。苍蝇出动了，向那具尸体飞去。这是突袭事件开始时的场景。

我们清空了主营地和溪流对岸所有的茅屋，把男人、女人、孩子、瘸的、瞎的、卧病在床的，所有人统统集合起来。那四个逃兵还在，普拉杰、阿多尼斯、坦布尔兄弟。我向他们点点头，他们向我鞠躬。阿多尼斯说："主人。"他们看上去还不错，我丢失的枪也找到了。

我命令这四个人走上前来，他们有点儿战战兢兢地站在我的马前，我用荷兰语做了简短的说教。用荷兰语是为了表示我的仆人与他们有别，而让一个格里夸①士兵翻译成霍屯督语。

我向这四个叛逆说道，我们不求上帝对我们施恩，只求永远别淡忘我们。那些还认为我们不属于这个伟大的赏与罚体系中的人，可以从上帝对一只麻雀之死的奉行中得到醒悟：麻雀虽小，可是并没有被忘却。我作为蛮荒的开拓者，一直把自己看成是个福音传教士，不遗余力地向异教徒灌输《福音书》中麻雀的故事。它死去了，但它是死于天意。我告诉他们，有正义行为，也有非正义行为，而它们在天地万物中各有自己的位置。要像麻雀一样心存信念，感到安慰。

然后我向他们宣布了死刑判决。在情况理想时，我会将死刑推迟到第二天上午去执行。中午行刑会缺乏在玫瑰

---

① 格里夸人，南非欧裔白人与非洲霍屯督黑人的混血儿。

色晨曦中由行刑队执行的那种刺激。可是我不怂恿自己。我命令格里夸士兵把他们带走。坦布尔兄弟毫无怨言地被带走了，历史的潮汐冲走的无足轻重的人物。普拉杰注视着我，他知道自己是死定了，但他不愿意恳求。可是阿多尼斯，我一直在怀疑终有一天会蔑视他，果然哭着喊着，想要爬到我的面前来。格里夸士兵把他制止住，他的那些霍屯督新朋友踢他，揍他，喊道："他是个坏家伙，主人！把他带走，主人，我们不要他！"阿多尼斯在我脚下喘着粗气："我只是个可怜的笨蛋，主人。就只再给我一次机会吧，我的主人，我的父亲，我把一切都献给你，主人，求你了，求求你了，求求你了主人！"我感到十分沮丧无趣，离开了他。几个月来，我一直在想象着这充斥着报复与死亡的一天。在这一天，我犹如风暴云般回来，在世上这一小块地方密布我的正义之云。这个卑鄙不忠的家伙让我明白，在这块大陆上，在这里或别的什么地方，我的力量将不会遭遇任何抵抗，我的力量不会受到任何限制。我感到失落，他们只是些人模人样穿戴起来的空物。

太阳已经高悬了，可是没有人感到热，马匹左右挪动着，我的脑海里回荡着这些生气全无的人们的影子。说多少都没用，没有什么东西能给这些行尸走肉留下些许痕迹，没有什么东西可以从他们身上剥得，也没有任何东西可以从他们的七窍挤榨出来。对我那孤独的掌控他们的无限力量，他们没有任何东西可以匹敌。这些人可以立即处死或者历尽折磨而死，也可以把他们留下来让秃鹰去收拾，一个星期过后也就永远被遗忘了。面对着这些空物，我经历着十足的幻灭,心中感到不是滋味。

　　我原先指定的墓地就在村庄的垃圾堆,上尉和卫兵带着那四个叛逆在那儿等着,我向那里走去。在我的身后,第一座茅屋开始冒烟,燃烧起来。格里夸士兵在执行我的命令:把所有牲口集中,把村庄从大地上抹去,对霍屯督人想怎么干就怎么干。传来了人们的尖叫声。我走到上尉和这几个叛逆前,见这里太靠近村庄不方便,就命令他们走得远些。这时一个霍屯督人胸前抱着个硕大的褐色包裹,向我们方向跑过来,一个穿绿色军装戴紫色帽子的格里夸士兵挥舞着马刀追上去,马刀悄无声息地落在他的肩膀上。包裹滑落到地上,自行跑起来。原来那是个孩子,很大的孩子了。那个男人为什么抱着他? 格里夸士兵追上了孩子,把他绊倒在地扑了上去。霍屯督男人坐了起来,手护着肩膀,似乎对孩子已经不再关注了。格里夸士兵正在对地上的孩子干着勾当,肯定是个女孩子。我对霍屯督女孩子一点都不想,可今早第一枪击中直挺挺扑倒在地的那个女孩子除外。真是自己对自己的莫大讽刺啊。

　　我们走到一处稍稍隆起的土丘,在顶上停一下,回头望望,吸一口烟斗。茅屋的泥巴墙和兽皮在冒着烟,肯定臭气熏天。村庄的那些霍屯督人由三个吊儿郎当的士兵看管,在村庄外扎堆坐着,现在似乎安静下来了。我辨认得出两个人,卢斯和万纽科克,或许是巴登豪斯,骑在马上,而其他人我想都在自己忙活自己的吧。我开始打起战来,我并不冷,但是过一两分钟就会长长地颤抖,我稍稍冷静下来,感觉心里像海上漂浮着的瓶子那样,有一种晃晃悠悠的愉悦感。

我看看普拉杰,他两眼紧盯着我,他明白他是我的仆人,眼神充满了忧虑,我们互相审视着。我一直不曾留意的微风这时吹拂过来,送来了他害怕的气息,或者说是有点儿遗尿了的气息。我从行囊里取出一条干肉递过去,他没接。我迈前几步,把肉放到他嘴唇上,干燥的嘴唇没有张开。我很有耐心,时间在我这一边,我一直拿着肉。终于,嘴张开了,伸出干燥的舌头,干肉往前碰到舌头,被吃到嘴里。我等着。他的下颌动了一下,两下,三下,现在,该咽下去了。我向他点点头。他喉头的肌肉往下,成了。可是接着——且慢——从他的肚子往上一路痉挛,他嘴张开了,舌头又伸出来,一阵干呕,湿的红色的肉糜吐在他的胸前。他的眼里露出像狗一样的歉意,我并不生气,他正明白过来。

格里夸士兵开始把他们的手捆起来。村庄那边有人厉声尖叫起来,一声接着一声从半英里外传来,令人心烦。我试着倾听,像听青蛙叫一样想听出个名堂来,结果没什么意思。真希望这尖叫声消失。

这几个囚徒也让人心烦。我们本该早已走下小山坡到土坡后面的小小洼地了,可是这两个坦布尔兄弟向后重重地倒在卫兵身上,不肯往前走,而阿多尼斯被拉着站起来,又一下子向后倒在地上。只有普拉杰愿意走,他看着我的眼睛。我示意他走下小山坡,告诉格里夸士兵把其他三个带上,不管用什么办法。一个格里夸士兵抓住阿多尼斯的脚踝往前拖,他的双手反绑在身后,身体无法避开石头,他喊叫起来,愿意走了。让他站起来以后,他又拒绝往前。他歇斯底里了,"主人,主人,敬爱的主人,"他喋喋乱语,"主人知道我只是个愚蠢的笨蛋,求求你,主人,求求你。"我最最不愿让他打破我的冷静。"拉着他的手臂走。"我说。格里夸士兵抓住捆在他手腕上的皮带,他跌倒了,手臂被扭过去,他疼得尖叫起来。"把皮带割断,"我说,"你要把他的手臂弄断了。"我去割断了皮带。格里夸士兵拉着他的一条手臂把他拉下山坡。他不再惹麻烦了,臀部坐在地上,脚后跟往后踢着往下滑去。坦布尔兄弟跟在后面,一个头垂得很低,认命了,另一个也在走,后面的格里夸士兵推着,他身体往后靠,不情愿地被一步步推着往前。到小山脚时,他突然疾步跑起来,低着头,捆住的双手向后伸出就像一只奔跑的母鸡,十分可笑。他跑过洼地,跑上另一面山坡在山岩间跑着,慢了下来。"他要逃走了,主人。"我身旁的一个格里夸士兵说,"要我去把他抓回来吗?"其他人大笑着,嘲笑着。"我来打吧。"上尉说。"开枪。"我说。这个男孩现在离我们大约有五十码,跑的速度是一个成年男人步行的速度。上尉击中了,他侧身倒在地上。格里夸士兵把他带回,他大腿受了伤,流血过多,脸色发绿。"可怜可怜他吧。"他的兄弟说。"不,"我说,"不行。开枪打死他。把这事了结掉。"上尉重新装上子弹,子弹射穿了他的头颅。"他完了吗?"上尉问。"他死了,主人。"

　　阿多尼斯又在惹麻烦。他颓然倒地不肯起来,我以为他大概昏倒了,可是他眼睛睁着,在盯着我看。不过好像眼神在看我脑后的某个地方似的。"站起来,"我说,"不开玩笑,我就在这里把你毙了。"我把枪口顶住他的额头。"站起来!"他的脸上一片空白。我扣下扳机的一瞬,他的头往后一仰,没打中。上尉抽着烟斗,微笑着。我的脸一下子涨红到耳根。我一只脚踩住阿多尼斯的胸口使他不能动弹,一面上子弹。"求求你,主人,求求你,"他哀求道,"我的手臂很疼。"我把枪口压在他嘴唇上。"含住枪口。"我说。他紧闭双唇。我把枪口捣下去,他的嘴唇渗出血来,下巴松了,枪口往前顶,直到他松开口。我的两个脚踝夹住他的头,他的括约肌失禁了,空气中充斥着恶臭。"注意自己的举止,笨蛋。"我说。他如此粗俗,我深感遗憾。子弹就像射进了沙子里,枪声轻微。不管他脑袋里的脑浆发生了什么,反正让他的眼睛永远闭上了。上尉检查了一下,笑了。我真希望上尉走开。

　　"你就不能让这两个人站起来吗?"上尉说。"让他们站起来。"我命令格里夸士兵。两个人都站起来了,没费事。坦布尔男孩不知所措,而普拉杰很勇敢。格里夸士兵站到一旁,我和上尉后退几步。"你解决左边那个。"说着,上尉开枪就打死了坦布尔。我开了一枪,把枪放下,普拉杰仍然站着。"倒下,该死的!"我喊。普拉杰向前迈了两步。"你,去杀死他,他还没死!"我指着站在离普拉杰最近处的那个格里夸士兵喊道。"是的,就是你。用剑! 砍他的脖子!"我手掌斜劈下去。士兵朝普拉杰的脖子一挥军刀,他脸朝地,扑地倒了下去。我们围在他的四周,刀砍中了头颅底部位置,留下一条蓝色的翻起的皮肉。"把他翻过身来。"我说。子弹的伤口在他胸口上正位于喉咙下方。他的脸很平静,清醒地看着我。"好吧,"上尉说,"我现在走啦,去看看那边的情况。"他离开了。

孩提时,有人教我如何杀死受伤的鸟儿。用食指和中指夹住鸟的脖子,掌心握住鸟的头,然后就像抽打陀螺一样手腕往下猛地一甩。通常鸟的身体就干净利落地断开,头留在手中。但是,如果动作太僵,用力太轻,脖子的皮剥开了,气管断了,鸟还活着。血红的纤细的脖子总是唤起怜悯,心中不是滋味。我不愿一而再地去甩那只鸟,而那些把鸟头踩扁一类不干净利落的办法,会使我的脊背一阵阵发凉。我会站在那儿,手捧那正在咽气的生灵,为所有受难的无助的小东西洒下同情的泪水,直到它死去。

这个人又唤起了我心底的这种情绪。我冷酷地打乱了他在这世上的一生,而现在他在路上,在最终的路上了。他嘴唇张开,血冒着泡向肺部回流,又向外冒出来,在他的胸前流成一片,淌到地面上。流得真多啊,我想。一直以来,我对自己的鲜血都是最最珍惜的。我跪在他的身旁,盯着他的眼睛。他无畏地看着我,他很清楚我对他已不再构成威胁,也没有任何人可以对他造成威胁了。我不愿让他失去对我的敬畏,抱着他的头肩部,稍稍托起他,双臂濡满了血污。他的眼神开始涣散,变得混浊起来。"勇敢些,"我说,"你是好样的。"他失去知觉了。我下颌的肌肉抽动了一下。他什么也看不见了。我轻轻地把他放下。深深地,在他身体里,就像一口深井,他的肺还在汩汩作声。这时他的横膈膜一阵痉挛,从他的胸腔里猛喷出一股血水,直溅到我的身上。他死了。

对于这四个人以及其他人的死亡,若需做出任何赎罪行为,我特做如下陈述:

我如何得知扬·普拉杰,抑或阿多尼斯,甚或那些死去的霍屯督人的世界就不是极其美好的世界,而我却对此感知壅塞?难道不可能是我毁掉了价值难以估量的东西?

我是个探险者。我的本质就是去开拓那闭塞之处,给黑暗带来光明。若说霍屯督人的世界是个极其美好的世界,那也是一个外人无法进入的世界。像我这样的人就无法进入。我们或是绕过它,而这有悖我们的使命,或者我们就必须扫除障碍。至于我的仆人,他们是些无根的人,早已失去了他们自己的文化,用主人的旧衣把自己打理起来。我确知,在他们的生活中只有焦虑、仇恨和堕落。他们是在恐怖的风暴中浑浑噩噩死去的。他们智力有限,是劣等人。我把他们从我头脑里清除出去的那一天,他们就死了。

从这些人的死亡中获得了什么?

遭他们驱逐之后,我在荒漠上游走,犹如幽灵。他们的死验证了我的存在。我并不比别人更性嗜杀戮,只是担当起一个扣动扳机的人,为自己也为我的同胞做出牺牲而扮演了这个角色,实施了我们大家全都渴望的事:杀死那些黑人。

我们都负有罪孽,无人例外,霍屯督人也包括在内。他们死于我的手,可天晓得他们是死于什么他们自己犯下的令人难以想象的罪!上帝的判决就是正义,高深莫测,无可指责。上帝的仁慈并不关乎美德。我只是历史手中的工具。

我会遭受天谴吗?

我也害怕死亡。在难眠之夜盘算匆匆飞逝而过的七十年光阴的得与失,设想着寿终正寝之时,在他们那干净整洁的台子上,仵作的助手将我开膛剖腹,摘下我一辈子珍藏的五脏六腑。(它们会到何处去?我想。会将它们扔给沿街的肮脏小人吗?)

可事实真相是,我的死亡故事只不过是吓唬吓唬自己的冬天的故事罢了,为使毯子裹得更加舒适一些而已。没有我的世界不可想象。

另一方面,一旦最糟糕的事发生,你会发现我并非一味眷恋生命。我已洞悉了自己,在感召的指引下,我会穿越自我那永恒的隧道回归。我也认可和持有这样的观点:就像普拉杰,就像阿多尼斯,就像大坦布尔和小坦布尔,就像纳马夸人一样,我也是多余的人。目前,我还不想持有这样的观点,但是当那一天终于来临时,你会发现无论我是活着抑或已然死去,无论我曾生活过还是根本就没来到过这个世界,这一点对我从来都不重要。我有其他事情要思考。

后　记

在早期深入南非腹地冒险并给我们带回消息的那些英雄中间，雅各·库切一直据有一个小小的值得尊敬的地位。我们研究早期历史的学者们认定，是他发现了奥兰治河和长颈鹿。可是从我们的象牙塔里，我们也宽容地嘲笑这位轻信的猎人，他向总督兰克·塔勒巴①报告那个杜撰出来的故事，声称在遥远的北方有长毛生番，结果导致亨德里克·霍普进行了 1761 年至 1762 年的探险，却毫无成果。一直以来，对事件原委的叙述，还有特别是对库切探险的删繁就简的粗略描写，两者一起使他成了一个定了型的人物，使人们见不到这个人的真正的面貌。迄今为止所获得的确凿的库切本人的叙述是总督府的一个雇员记录下来的，以官僚的态度不耐烦地听取了库切的讲述，潦潦草草一挥而就写成纪要，递交到总督的办公桌上②。里面只记录下这位雇员认为可能对东印度公司有用的信息，也就是有关矿石储藏，以及内陆部落作为物资供应的来源的潜力等信息。我们可以确信，这位公司文员的商业的第二天性导致他记下了给库切带来小小声望的故事，居住在北方的，褐黄色皮

---

① 兰克·塔勒巴（Rijk Tulbagh, 1699—?），荷兰开普敦殖民地总督（1751—1771），1753 年编纂了该殖民地的奴隶法典。

② 此份文件由好望角总督府行政秘书处整理，由 E.C. 戈迪摩尔斯伯根收录于 *Reizen in Zuid Afrika in de Hollandse Tijd* 一书出版（海牙，1916），卷一，第 18—22 页。——原注

肤,长头发,着亚麻衣服的人的故事。

本书试图更加完整,因之也更客观公正地描述雅各·库切。这是一本虔敬的书,也是一本历史书:它怀着对先辈,对本民族的奠基人之一的崇敬,同时又以史实为依据,纠正了对英雄的歪曲。那种对先人的歪曲已渐次侵入到我们对那个伟大的探险时代的概念了,当时白人才刚刚开始与我们的内陆上的原有土著人①有所接触。

德克·库切是雅各·扬颂·库切的曾祖父,是个市民,于1676年从荷兰移民到好望角。库切几代人的经历生动地展示了南非白人渐次地散布到偏远地区的经历。广为流传的说法是,由于荷兰或英国当局都对他们加以限制,因此南非的白人心存愤懑和怨恨,赶着牛车一直往北进发探险。在我们民族的身上有许多无政府主义的东西。我们崇尚正义,可是却从不喜欢依法行事。德克·库切移民到了史泰伦博斯;七十年后,雅各·库切乘牛车到了匹凯特堡,以畜牧和捕猎为生。正是从这里,从现在的奥罗拉村旁他的农场出发,开始了他多次的猎象探险远征,其中包括了1760年的那次。

要想理解这个出身卑微的农场主的生活,需要积极的想象力。库切是渐渐涌起的向北方的移民潮中的一分子。在内地,许多农场主每个月都要竭尽全力来满足贪得无厌的东印度公司对肉类、谷物、水果和蔬菜的需求。这些供应

①　赫雷族或称赫雷洛族,冯·特罗塞对此做了有趣的探源,赫雷洛族这一名称源自 ova erero(昨日的民族)。参见亨利克·维德尔,《西南非洲本土部族》(开普敦,1928),第155页。——原注

物还要在差劲的道路上用牛车运送到好望角,驳运到"东印度人"号班轮上,他们实在受够了。这些人把目光投向了内陆的荒原,要做自己生活的主人。站在好望角的犄角处,向大海远眺,你感觉如何?往南是黑色的大海、冰、一片白。离开好望角吧,骑着马走,走了许多英里,还没有逃离南部地区。然后,咔嗒一瞬间,在离开海岸的某个距离上,你一下子离开了南部,进入了变幻莫测的过渡地带,有一种摆脱了命运羁绊的感觉。继续往北,咔嗒之间,就进入了命运与北方紧紧连在一起的另一个地带了,你完全在北方了。库切赶着牛车往北,就似乎在用青蛙或癞蛤蟆的广角球形眼睛往前看:它(青蛙)四周的东西都在他(人)的前面了。用史学术语来说就是,他放弃了东印度公司的小麦蔬菜合同而转向放牧牛群,就已经创造了未来。

从外国来访者们,如维兰特、斯帕曼、考尔比,还有那位目空一切的英国绅士巴鲁等人的描述中,我们对于这个开拓者农场主的日常生活就可以有个大致了解了。我们可以这样描绘:他常年身穿粗制工装,着狮皮靴,头戴圆边帽,臂弯挂着鞭子,两眼敏锐,或站在牛车旁,或站在房子的游廊上欢迎旅行者的到来。据多米尼克调查,其殷勤好客只有古日耳曼人才能与之相提并论。或者我们可以想象一个动人的情景,巴鲁对这种情景十分轻蔑,可是在质朴的人的眼里,自有其田园诗般的美:傍晚,和家人们一起坐在水盆边,从脚上洗去一天的劳累,准备晚祷和夫妻生活。或者我们还可想象:他从马鞍上跨下,先右腿后左腿,马鞍旁挂着一只刚刚打来的大羚羊,枪口冒出的蓝色的烟此时也许已经与淡蓝色的天空完全融合在一起了。在这些场景中,给我们的印象是他是个沉默寡言的人,虽然没有当时的照片,但是毫无疑问,他长着胡须。

东印度公司感兴趣的是轻松获利,凡·吕贝克①本人就曾派出过几支探险队深入内陆,搜寻蜂蜜、蜂蜡、鸵鸟毛、象牙、白银、黄金、珍珠、玳瑁、麝香、灵猫、琥珀、毛皮等东西。这些称人心意的东西都是以货换货交换得来,公司的人拿日用品作为交换。也正因为这些用品,白人对这些物品的称谓也一传十,十传百,传遍了非洲:烟草、烈酒、珠宝、玻璃制品、金属制品、火器、火药。对于过去的这种交易,我们不想在这里以今天的评论对它轻率地做出嘲讽。但是内陆部落卖掉成群的牛羊换回的只是些不值钱的劣货,这确是实情。当然,这对于土人褪去无知则十分必要。牧人从宿醉中醒来,饥饿的孩子们在哭喊,他眼睁睁看着空荡荡的牧场,尝到了堕落的滋味:人不可能永远活在伊甸园中。在上帝创造的这场戏剧中,东印度公司的人只不过扮演了一个佩带着利剑的安琪儿的角色。土人向着世界公民的身份迈出了可悲的一步,我们以此聊以自慰吧。

总督府对轻松获利颇感兴趣,不过,是在不增加额外责任的情况下。"我们请求再拨二十五个雇佣兵归我们指挥,由于布须曼人的劫掠,由于殖民地边界的扩大,不得不建立新的哨所来保护通往格拉雷纳的道路。两个星期前,

---

① 扬·凡·吕贝克(Jan Anthoniszoon Van Riebeeck,1619—1677),荷兰殖民者。1652 年到达南非,创立荷兰开普敦殖民地。先后到过印尼(时称荷属东印度群岛)、日本、越南等地。

一个叫作威廉·巴伦特的市民和他的儿子们及仆人们在这条路上被杀，两千头牛被赶走了。"一个司令官不得不写这样一封信，其内心的不安可以想见。因此，当市民们要求扩大放牧权，从殖民地再往北延伸时，他们的申请受到详细审查。我们也许会深感惊奇，这种放牧权竟于1758年恩准给了库切。他当时肯定也没有想到会得到这样的信任。有些开拓者一辈子只去过开普敦一次，赶着牛车，穿着最好的黑色的衣服，出于礼仪，他们的未婚妻乘坐另一辆牛车跟在后面，到格鲁特科克①去举行婚礼。而库切每一两年就进城一次，赶来满载毛皮和象牙的牛车，然后，又向北方进发了。一个不动情感的人。牛车每小时跋涉两英里，两桶火药捆在牛车后部，装着茶叶、糖、烟草，长长的河马皮做的皮鞭竖插在座子上。到时候我再来谈谈他的牛车吧。

巴鲁把这些殖民者误称为农夫，指责这些农夫野蛮地对待他们的动物，他记录下一个事例：有个农场主在疲惫的共轭牛的身下点起火来②，驱赶它们前进。巴鲁是对欧洲的启蒙运动抱有热情和偏见的先生们中的一位，他来到好望角是想看那些他想看见的东西：高贵的蛮子，懒散粗鲁的荷兰农夫，荒废了的文明的使命。他提出自己的建议后便离开了：中国去过了，非洲去过了，下一个是哪里呢？巴鲁过世了，可他称之为农夫的人生存了下来。无论怎样，库切

---

① 格鲁特科克（Groote Kerk），荷兰语，意为"大教堂"（Great Church）。1704年由荷兰殖民者在开普敦建立的新教教堂。

② 约翰·巴鲁，《南非腹地之游历》（伦敦，1801），卷一，第182—184页。——原注

作为一个顺从上帝的小民，是不大可能去虐待自己的牲畜的。（在这个意义上，我情不自禁地要引用那位英国教会最杰出的人物约翰·菲利普①的话，它最好地揭示了和他同宗的教士们在帝国的使命中的心照不宣："当传教士们在世界各处播撒文明、社会秩序和幸福的种子时，他们以最无可挑剔的手段在扩张着英国的利益、英国的影响，也就扩张了英帝国。无论在何处，传教士使得他们的文明准则在某个野蛮的部落建立起来，蛮子们对殖民政府的偏见就消失了，并且由于创造了对文明物品的欲求，他们对殖民地的依赖也增加了。"②是啊，野蛮人必须穿戴起来，遮蔽自己裸露的肌肤，因为曼彻斯特出口棉制衬裤。野蛮人必须用犁翻耕土地，因为伯明翰出口犁铧。我们试图从英国出口商身上找寻到谦恭、尊重和勤勉这些美德，但只是徒劳。茨文立③说过，世上，劳动者才离上帝最近。）

如前所述，库切在总督府有点名气并受到信任，因此得到土地授权，得到跨越殖民地边界狩猎的许可。尽管殖民地仍有丰富的野生动物，可是大象和河马之类大型动物由于受到狂热的捕猎，已隐遁到北方荒原中去了。象牙贸易就只能靠以货换货的交易和极其危险的长途远

---

① 约翰·菲利普（John Philip, 1775—1851），英国传教士。生于苏格兰，多次到南非传教，调查土著生活。
② 《南非之研究》（伦敦，1828），第Ⅸ页。——原注
③ 乌尔里希·茨文立（1484—1531），瑞士宗教改革家。提出"67 条论纲"，否定罗马教廷权威。被尊为苏黎世大教堂"民众神父"。威廉·J.布切尔，《南非内陆的旅行》（伦敦，1822），卷一，第 301页。——原注

征捕猎:我们在布切尔的书里读到,有个叫作卡罗尔·克里格的猎手被一头发狂的野牛活活顶死在地上。当时成年男性人口为五千五百四十六人[1](据 1798 年普查),而奴隶主们为了放牧牲畜所豢养的那些野性苏格兰人与奴隶女人所生的混血儿,则有成千上万,因此从比例上看,克里格之死已经远远超出受到损失这个概念了[2]。在这里,我们可稍作停留,以惋惜之情看看东印度公司的与白人殖民有关的政策的怯懦,带着迷茫和遗憾关注一下十八世纪尼德兰人口数量的恒定(是出于怠惰,出于自鸣得意?),并且带着反思的敬佩看看美国人口的增长。在这同一时期,美国白人的人口呈几何级数增长,并有效地阻止了当地土著人口的增长,这个成果如此有效,以至于到 1870 年印第安人的人口陡降至最低点。在早期的好望角殖民地,却不可轻易损失一个白人。可是在 1802 年,库切的儿子被他的奴隶谋杀,全家人中只有他的妻子逃过一命[3],她后来可能再婚了。

  1760 年 7 月 14 日,隆冬季节,库切出发了,开始向北方探险。他带着六个霍屯督奴仆,给牛车配了二十四头牛和两套轭。他们夜间行进,这样牛只便可以在白天吃草。

---

[1] 威廉·J. 布切尔,《南非内陆的旅行》(伦敦,1822),卷一,第 301 页。——原注

[2] 无名氏,《论蓄奴制对道德沦丧之影响》(伦敦,1828),第 101 页。——原注

[3] H. 里希特斯坦在其所著《南非之旅》(1811)一书中记录了这一令人毛骨悚然的故事。(开普敦,1928),卷一,第 125 页。——原注

十二小时旅行,十二小时扎营,沿着凡·德·斯特尔①在1685年探险的路线缓慢北行。沿途穿越陌生的金字塔般的砂岩的峰峦和沙原,牛车的轮子有时会陷到轮毂那么深。历经风雨侵蚀的山峰忧郁而感伤。他们穿越弗罗伦沙谷花了三天时间。这些旅行者靠猎杀绵羊(长着大尾巴的好望角羊)和其他撞到他们枪口上的猎物生活,或许还有喜欢群居的跳羚。库切的霍屯督仆人尚未抛弃他们旧的饮食习惯,他们从猎物身上割下肉,再像削苹果皮一样削成螺旋状的肉条,将这长条的肉扔进火堆的灰烬上,烤得半生不熟就吞吃了。尽管很难看出霍屯督人对宗教有什么敬畏感,不过有个习惯的缘起或许与宗教还是有点瓜葛的。这个习惯是割开羊的喉咙剖开肚子,让血流到腹腔里,用棍子搅拌,然后津津有味地一饮而尽,他们认为这能滋养灵魂。好在这个习惯早已消失了。对这种做法思忖一下,我们或许真的要心存感激。在欧洲人与霍屯督人的交往中,文化影响力完完全全是由前者掌控后者的。后面我们还有机会揭示霍屯督人其他一些习俗的做法,感受会更强烈。

（"……阿屯塔屯,阿屯塔屯,"好望角土人为那些在"哈勒姆"号轮船海难中遇难的水手们唱起来,"阿屯塔屯,阿屯塔屯。"一边跳着四分之二拍的舞步②。这就是霍屯督

---

① 凡·德·斯特尔(Simon van der Stel,1639—1712),荷兰开普敦殖民地司令官(1679—1691)、首任总督(1691—1699)。建立史泰伦博斯城(Stellenbosch 一词即以他的姓氏命名)。

② 利安德特·扬森的日记,海牙抄本第 1067 副页(古荷兰语,1648,Ⅱ)。——原注

这一称呼的由来吧。）

7月18日，库切在南纬31°51′跨过了奥利芬茨河。这条河终年水量丰沛，水流湍急。过河时一条体弱的牛被急流冲走了。库切渡河之后不到十年的光阴里，河的两岸便已是农场遍布，遍植水稻了。从技术上讲，他现在是行进在布须曼人的土地上，可他连一个布须曼人也没有碰到。为了避开沿海的沙漠带，他转向东北方向行进。在翻越纳铎山脉时，他把所有的牛都驾到车前拉车。悠久的岁月侵蚀出奇形怪状的岩洞、穹顶和廊柱。隘口上方，高高的鹰巢那里，疑惧的眼睛在监视着这群人。俯卧在岩架顶上的布须曼人左手紧握那小小的弓，髋部旁的箭袋里突出有七十至八十支箭。这些布须曼人很明智，保持自己与殖民者的火器离开相当的距离。布须曼人靠狩猎和采集根茎浆果为生，羚羊数量的减少使他们受到极大的影响。他们转而到定居点外围逡巡，等待机会突袭没有丝毫察觉的农场主，把他的牲畜赶走。被盗的牲畜往往受到残忍的对待。布须曼人和爱斯基摩人有同样的令人反感的信仰，他们认为动物来到世上不仅仅是为了能使人维生，同时也是为了满足人最最邪恶的贪欲。他们用很钝的刀在受伤的动物活生生的肌体上乱挖乱割。他们胡乱砍下偷来的牛的腿胯部分，当着牛充满痛苦的眼睛大嚼。要是追踪而至的农场主真的抓住了这些窃贼，他的牛也早已被冷酷地割断蹄筋抛弃了。为免遭这种劫掠，农场主们自发组织成防护义勇队，在农场和布须曼人游荡的荒原之间建起一个中间地带，或者叫作自由区。由于缺乏警力治安，为保护自己免遭劫掠，他们极其不情愿地采用了恐怖手段。任何一个布须曼人只要在定居点的边界处一露面，就会遭殃。无论他的腿有多敏捷，无论他的弓箭有多准，他们很快便明白，根本就不是骑在马背上的义勇队手中火枪的对手。在强硬的压力下，他们被驱赶向北（班图人的入侵，更将他们赶往西边）。他们在卡拉哈里矮灌木丛荒原找到了最安全的避难之地。在那里，他们直到今天还保持着先人们的生活方式。

可是请记住，这种恐怖政策并非是不分青红皂白的。成年布须曼人无法适应农耕劳作，可是他们的孩子通常还是易于改变的。特别是男孩子，对疏林草原有令人不可思议的领悟，会成为好牧人。寡妇和女孩子会很快驯服，可以做家务。因此，义勇队的远征绝非是种族灭绝的，甚至一些布须曼的成年男性被俘获后也活了下来。著名的布须曼语学者威廉·布利克①还找到了布须曼语的标准发音人，戴着脚镣手铐在开普敦防波堤上做苦工的两个布须曼老人。

穿越纳铎山脉时，库切远远地看见了巴克维尔德悬崖，从它的边沿走过，地面岩石裸露，崎岖不平。1760 年春雨姗姗来迟，突如其来的雷暴夹杂着鸽子蛋大的冰雹（直径十四毫米），劈头盖脸地砸下来。这队人马到处找避身之处，牛群吓坏了，挤成一团，人们蹲在牛车下风处抽着烟咒骂着。烟草在匹凯特堡广为种植，但是库切的农场从来没有。人人都知道，烟草和白兰地是腐蚀霍屯督文化的利器。

---

① 威廉·布利克（Wilhelm Heinrich Immanuel Bleek，1827—1875），德国语言学家。代表作为《南非诸语之语法比较》。

为了获得这些奢侈品，霍屯督人耗尽了他们的财富：牛和羊，使自己民族成了盗贼，成了流浪汉，成了乞丐。烟草使他们麻木，甚至连饥饿都不能够使他们振作起来。他们整日躺在自家的茅屋旁。天气凉时，躺在阳光下；天气热时，则滚动到阴影处。他们懒惰到了这个程度，躲避饥饿的方法不是努力去捕猎，而是靠睡眠，靠戈拉琴阴郁的琴声止饥。戈拉是一种有趣的乐器，到后面再谈。霍屯督人十分清楚烟草的麻醉作用，他们用烟斗里的尼古丁烟油杀蛇来取乐。

在不得已的情况下，库切的仆人们才与他们每况愈下的部落文化中的怠惰相分离。他们本人或者他们的父辈失去了牲畜，迁移进了库切的领域。作为对他们劳作的回报，库切允许他们在领地上建茅屋。他们为库切放牧牲畜的同时，自己也养一小群羊，付给他们的报酬有谷物、糖和其他生活必需品，还有适量的烟草和白兰地。就这样，库切在自己的农场里与他们建立了一种经久的关系，农场主和奴仆似乎在对应地舞动着。农场主的儿子和奴仆的儿子在院子里一起玩着动物的距骨。随着成年，渐次变得拘谨，成为主人与仆人的关系了，此时仆人围着主人转，以求能延续在这儿的劳作生活。渐渐地，他们老了，在明亮的阳光下停住脚步，一个抬抬帽子示意，一个移步到旁边以示尊敬，谈谈往事，空话连篇，孙辈们在一旁玩着距骨。霍屯督语中没有"是"这个词儿，他们表示同意，就重复一下主人讲的话的最后几个字。霍屯督语现在已经消亡了，只是在西好望角的农场里还可以听到这种问答式的应答，用的是阿非利加语。"把它们赶到北边的营地去。""北边营地,我的主人。"
弧形泥巴墙的茅屋已经让位给屋顶盖着波纹铁皮的土坯房
了,可即便是这种土坯房也颇具诗情画意:从木柴炉中冉冉
升起的炊烟,屋顶上的南瓜,光屁股的孩子们,等等。历史
上曾有一个时期施行保持稳定的政策,改善各种冲突,以使
得尽可能地为人们所能容忍。山坡上静静的农舍,低处静
静的茅屋,繁星点点的夜空。

在欧洲人眼里,库切正在跨越的地区并非是未开垦的
处女地,早就有猎手和商人涉足,只是东印度公司对此常常
不知情而已。但这个地区如此广袤,而探险者少之又少,因
此历史学家们认为这里的种种事物都是不为人所知的,这
合乎情理。他们会问:谁发现了这个? 更直接一些则会问:
是哪个欧洲人发现了它? 尽管在这块次大陆上土著人口向
来很少,可是就这里本土的情况来看,我们不能说本土的土
著人就不是第一个见到这些本土事物的人。库切往返的旅
程,有一部分是穿越那还不为人知的匹凯特堡和奥兰治河
之间的荒原。他那敏锐的猎人的眼睛辨认着离牛车一百码
以内的每一簇树丛(昆虫和小型爬行动物在他的眼前隐
遁)。我们一致认为南部的各种长颈鹿都属于他的发现。
与森伯格、斯帕曼、彼得森等在世纪之交之际充斥好望角的
植物学学究们的看法相反,我现在要推举的,是库切宣称发
现了吉尔维吉(一种多肉植物)。这种多肉植物味道如此
之涩,激怒的羊会用犄角把它连根拔起。欧洲来的先生们
用以判定新发现的标准无疑是褊狭的,每样标本都必须不
折不扣地与欧洲的分类学相吻合。可是当布须曼人第一次

见到那种我们称之为芒草的草的时候，他们发现并不认识这种草，就把它取名为图瓦。那么当时在他们心中就没有一种不言自明的植物分类吗？如若我们接受这种看法，把它称为布须曼分类法和布须曼发现，那么我们就不能将其称为开拓者分类法和开拓者的发现吗？"我不知道，我的人民也不知道。但是我们知道它的样子，它长得像鲁伊草，是的，是鲁伊草的一种，我要把它叫作布须曼斯草。"——这是那种在做出新发现时内心的感受。库切以自己的方式骑着马，像上帝般穿越还不为人尽知的世界，辨别着事物并使它们闻于世人。

真希望本人也有捕猎经历，有故事可讲，例如，一头公象猛然转身撕开了马的肚子，倒霉的骑手及时开了一枪才躲过了激怒的獠牙。或者，一只受伤的母狮扑向一个霍屯督脚夫，说时迟，那时快，猛然间，绿森森的眼睛和血盆大口就到眼前，吓得他憋不住蹲了稀，臭味弥漫。捕猎冒险无论多么谬误，都给人以刺激，因为它的故事结构妙：自鸣得意（我有一支枪），处境狼狈（子弹没有上膛，对方有利齿、獠牙、尖角），事后宽慰（对方扑错，我脱离险境；或者对方扑错，正好开枪击中）。但是老天，库切可不是那有着种种冒险经历的猎手。在探险途中，他只猎到两头大象，都是在奥兰治河以北打到的（我把后面的故事提前讲吧）。前方打探的人回来报告说发现一个象群，库切和一个脚夫偷偷地步行靠近它们（我们知道，大象的视力很糟，这两个猎手在下风处，它们嗅不到猎手的气味）。库切按照猎象人的规矩，脱掉长裤，对一头公象肩胛骨后方开了一枪，把它一下子击毙了。象群改变方向，缓慢笨重地往前走。库切急速跑回到马旁，骑上马追击。他追上一头离群的母象，近距离朝它的肚子开了一枪，母象迈步十分痛苦。然后库切采用了看上去危险却很正统的做法。他重新装上子弹，绕到母象前头，大象见被挡住去路，就停了下来聚集气力，那个霍屯督人蹑手蹑脚地偷偷上前，猛挥斧头，砍断它阿喀琉斯般的脚筋。现在库切轻松地走近这头野兽，照它耳后开枪杀死了它。他们砍下象牙，背回到牛车上。那天晚上（8月29日），猎手们享用大象的心脏，那是有名的美味。大象的脚也很有名，但库切觉得它淡而无味。我相信，看了他们的这次冒险，你们一定很喜欢。

越过南纬31°，这群人就进入了纳马夸荒原。如若能对这个非常有趣的民族详述那该多好，可是在这里只能略述一二。绝不可把纳马夸人和好望角霍屯督人混为一谈。霍屯督人是垮掉的民族，在1713年天花的侵袭下，他们的部落彻底崩溃了。巴鲁真实地把他们描述为"人类最最无助，最最悲惨的民族，脸上满是哀愁忧郁，他们的名字被记住或是被遗忘，皆因一个无足轻重的人死去了"[1]。纳马夸人在白人定居的压力下屈服了，但是直到1907年才垮掉。1661年有成百个乐师欢迎派往纳马夸的使节们，而下一任使节来到时却碰不到原任，原来他们早已乘坐牛车深入到腹地的各个新据点去了。

纳马夸人体格中等，男人们纤瘦些，女人则肥硕。他

---

① 巴鲁，《游记》，卷一，第144,148,152页。——原注

们褐色的皮肤带点儿黄,黑色的眼睛像布须曼人一般敏锐(布利克声称,布须曼人凭着这双肉眼早就分辨出了土星的卫星,比伽利略早了好几个世纪)。由于掌握了一种能把睾丸缩回到体内的技巧,男人们以双腿健步如飞闻名。女人们就像古埃及女人一样小阴唇明显向外突出,自以为美玉无瑕。对于人类学家而言,这个民族十分有趣甚至使人兴奋。正是他们,发明了带帽风衣。他们把豹子的肠子缠绕在脖子上防病,对脂肪有贪得无厌的欲望,遇到搁浅的鲸鱼就欢呼雀跃。他们有亲缘体系,有浪漫的爱情(有故事说,有个女孩爱情受挫,跳崖自杀了①)。他们有丧葬习俗,截去手指明示哀悼,相信男性尿液有治愈功效。他们还有法律和惩罚:偷盗牲畜,浇炽热的树脂;乱伦,砍掉一手或一足;杀人,乱棍打出脑浆。他们不尊崇神祇("我们希望风调雨顺,而他给我们却有时过分干旱,有时又暴雨成灾,为什么还要向他祈祷?"②)。简直要一本书才写得过来。

那么,库切的牛车队进入纳马夸地区了。牛车上载着黑白蓝各色精美的珠子、烟草、刀具、眼镜、铜丝、三把毛瑟枪、子弹、一桶火药、一袋霰弹、火石、铅块、子弹铸模、几条毯子、一把锯子、一把铁锹、一把短柄斧头、大小钉子、绳子、粗帆布、缝帆针、牛皮、车辐、辔头、焦油、沥青、润滑脂、松脂、轮楔、铁钩、铁环、一盏马灯、大米、饼干、面粉、白兰地、

---

① 奥尔富特·达泼尔,Naukeurige Beschrijving der Afrikaensche Gewest-en(阿姆斯特丹,1668),第72页。——原注
② 同上,第85页。——原注

三只水桶、一只药匣,还有许多其他东西——这就是文明。已望得见卡米斯堡了,牛车深深地陷入松软的沙子里,一直陷到轮轴。把它挖出来,又陷进去。他们用两套牛用力拉,结果车辕断了。远征的第一次霉运。可奴仆们却都无动于衷,一点也不主动,站在一旁,眼神呆滞地看着,顾自抽着烟斗。真是个没有出息的民族。库切大声呵斥,他们才动弹起来,给牛车卸货,把断了的车辕捆缚固定好,车下铺上一层树枝,才把牛车拉了出来。接下来一整天都花在更换车辕上。旧的车辕是用山茱萸木做的,新的是铁木的,虽然还不是那么强韧,比起旧的来硬多了也重多了。很幸运,固定车辕的座子没有损坏。

库切穿越卡米斯山脉的峡谷时目不旁视,十分专注。夜间气温降到零度以下,山峰上白雪皑皑。到早晨时分,牛只的关节都冻僵了。他们用木杆穿到牛身子底下从胸部一直到腹部,帮助牛站起身来。从一个露营点离开时(例如在 8 月 18 日),探险队留下的是:夜间取暖火堆的灰烬,燃烧完全,这是干燥气候的特征。到处是一堆堆的粪便,食草动物(牛)的粪便在开阔地上,食肉动物(人)的粪便在岩石的后面。尿渍,茶的弃叶,跳羚的腿骨。五英寸牛皮绳,烟草灰,一颗毛瑟枪子弹。粪便经过一天就干了,牛皮绳和骨头在 8 月 22 日被鬣狗吃掉,11 月 2 日的一场暴风雨把别的一切都洗刷得无影无踪。1933 年 8 月 18 日在那里没有找到毛瑟枪子弹。

头皮和髭须上,有衰败的毛发。耳朵上,有耳垢。鼻子上,有鼻涕和血(克劳厄摔倒,迪考普挨揍)。眼睛上,

152

有泪水和眼屎。嘴巴上，有血渍、烂牙齿、牙垢、痰、呕吐物。皮肤上，有脓、血、痂、渗出的淋巴液（普拉杰被火药烧伤）、汗水、皮脂、疤痕、毛发。指甲破碎，指间溃烂。排尿和小的肾结石（好望角的水碱性很重）。包皮垢（只有班图人施行割礼）。排泄物、血液、脓肿（迪考普中毒）。精液（所有人）。散布在南非来回两路旅程上的这些残留物，在阳光、风、雨和昆虫王国的关照下，很快便烟消云散了。当然，它们的原子成分仍然存于你我之间。而毛瑟枪子弹，有的击中目标，后来被取出。有的击中目标却再也找不到了，被击中的目标在疏林草原上失血步履蹒跚终于倒下，或者几个星期之后慢慢地恢复幸存下来。有的子弹打偏在地面嵌入土中，有的打偏最后失速落在地表，都留下了痕迹。

卡米斯山脉的峡谷中猎物丰富，科厄沙漠荒芜不毛且危险丛生。那里从来不下雨，饮用水取自地下的泉水，布须曼人把泉水口覆盖起来以减少蒸发。沙漠布须曼人直至今天仍以残忍著称。他们把一种黑蜘蛛放在毒菰挺花的汁液中捣碎来制箭毒。这种毒药浸过的箭头，刮擦一下，就会造成漫长而痛苦的死亡。俘获了敌人，就开膛剖肚挖出内脏，然后以一种独一无二的乌洛波洛斯①式的做法把它再放回去；或者把他们活埋一直到脖子，然后就让秃鹰去处理；或者把俘虏的脚掌剥下来。库切这群人的安全就全靠速度和

---

① 乌洛波洛斯，自食其尾的蛇，北欧神话中洛基的孩子，是一条头尾相衔、雌雄同体、盘绕整个世界的巨蛇，象征循环和自我陶醉。

警觉了,他们在夜间行进,仅用了五天时间就走了百来英里,到达了格雷特河畔,有几头牛累垮死去了。下面提到的这些对于他们的幸存也起了很大的作用。

一窝块菌,在南纬 29°29′,东经 18°25′发现。

一只鸨(布切尔硬说这种鸨是他发现的),重三十五磅,克劳厄用霰弹击中。可惜这种鸨现在几乎绝迹了。

一只小黑鸨,重二十磅,在飞行中被同一支枪击落(好样的,克劳厄),然后在疏林草原上黎明时分追逐(小黑鸨往这里,克劳厄往这里,小黑鸨往那里,克劳厄往那里)。在南纬 29°20′,东经 18°27′。

炸蚂蚁,只有霍屯督人享用。南纬 29°16′,东经 18°26′。

在 8 月 24 日,库切到达了格雷特河(即奥兰治河)。他眼前的景象庄严宏伟。河流水域宽阔,水流湍急。悬崖峭壁陡立,回响着急流的轰鸣。在这里,他们可能休息了一整天,安顿好住处后,享受柳树(不是垂柳)的阴凉,呼吸清新的微风。那些霍屯督人避开炙热的阳光兴高采烈,脱掉外套赤裸着躺在树荫下,或者毫无惧色地在河里游泳。鸽子咕咕地叫着,十分悦耳。牛都卸了辕,在河边饮水。库切留意到河岸两边森林遍布,足以满足全殖民地对木材的需求。河流一路有许多急流险滩和瀑布,入海口处荒无人烟。库切当时对此并不了解,梦想着满载农产品的筏子顺流而下直达大海,双桅帆船在那里等候着装货转运。

他把自己发现的这条河命名为格雷特河。有个叫罗伯特·雅各·戈登①的人,1743年出生于杜厄斯堡,1795年在开普敦自杀。他在1777年到过格雷特河,为了奥兰治世家②之故,将此河改名为奥兰治河。这第二个名称却沿用了下来,实在令人遗憾。

到这里,已经到了库切陈述的结尾部分了,仍属于探险的编年史部分。库切在格雷特河以北的旅行和逗留,他的返回,他与亨德里克·霍普一起进行的第二次远征,虽然其间充满着各种事件,但是还称不上历史性事件。只有向着未来的奋进才可称为历史,所有别的,比如路边的游荡,旧地重游等都不过是奇闻趣事,是晚间在壁炉边的谈资而已。

涉水过了格雷特河之后,库切转向东北沿着列文河一路前行。整整四天都行进在崎岖的山地。第五天,他们出现在一片草木丰茂的平原上,到达了大纳马夸地带。他同他们的头领谈判,告诉他们,他只为猎象而来,还提醒他们他受到总督的保护。了解这些之后,他们安下心来,允许他通过。他在一处温泉安营扎寨,给温泉取名为沃姆巴德。今日,这眼温泉已经围起来,供一家旅馆使用。他远征到能看得到本森堡的地方转身返回。在回程中,他遇见一群纳马夸人,他们告诉他:"向北再走十天,那里住着黄褐色皮肤、长毛、穿亚麻衣服的达姆洛夸人。"

他捕猎了两头以前从来没有见到过的野兽,他还以为

---

① 戈登(Robert Jacob Gordon,1743—1795),荷兰探险家,一生在南部非洲探险,发现多种动植物等。

② 奥兰治世家,欧洲的一个贵族世家,自1815年起成为统治荷兰的王室。

是骆驼的一个变种（实际上是长颈鹿），把它们的皮带了回来。

在 1760 年 12 月 12 日，库切返回自己的农场。

对这位非凡的人，我希望已经成功地做了些许真实的描述。

附录:雅各·库切的证词

（1760 年）

根据尊敬的荷属东印度特命专员、开普敦殖民地及属地之总督兰克·塔勒巴阁下的指令，市民雅各·库切对有关其在大纳马夸地区所做的旅行，兹做如下陈述:

本具陈人在取得尊敬的总督阁下关于准予进入内陆地区捕猎大象的书面许可之后，于本年 7 月 18 日离开在匹凯特堡附近的住所，驱一辆牛车，带着六个霍屯督人，越过奥利芬茨河，格罗恩河和科斯河，一直行进到凡·德·斯泰尔总督阁下于 1685 年到过的库波博根。

本具陈人继续向北进发，四十天后到达了格雷特河。据本具陈人所知，在此之前尚未有欧洲人士跨越格雷特河。此河宽度至少有三百至四百英尺，除了在本具陈人渡河之处有一大片沙洲浅滩之外，其余地方河水均很深。河的两岸生长着茂密的芦苇。还发现河的两岸都有一种很细的黄色发亮的细尘或细沙，因为它很美，收集了一些，随身带回。

本具陈人渡过格雷特河之后，更进一步纵深向北，沿着注入格雷特河的另一条河前行，本人把它取名为狮河，因为附近出现大量的狮子。整整四天，我们只能沿着这条狮河跋涉，到第五天才终于到了草木丰茂的平坦的地区。这里是大纳马夸地区的边界。纳马夸人早先一直生活在格雷特河的这一边，但是在大约二十年之前，他们迁徙到河的另一边去了。

本具陈人到达大纳马夸后不久，就发觉他们对他的到来并非不怀疑虑。他们来了许多人，且并非不乐意地对他说，对于他的到来，他们并不高兴。还说在他们这里，他本人的人身安全并非没有危险。但是当他一旦让他们明白，他出发来此系经总督恩准，只是来捕猎大象，没有任何别的意图，并且向他们展示了自己的武器之后，他们就言行平和多了，允许他经过他们的地界，继续向北探险。本具陈人自认颇有助益的是，本人能说一口流利的小纳马夸语。这种语言在这里也能听懂，因此能够亲自向他们陈明自己来此的目的。

从这里乘牛车再往北两天，第一晚在一个温泉扎营，第二天到达一座高山，整座山几乎由清一色的黑岩构成，将它取名为斯瓦特堡山。在这里遇到另一群纳马夸人，比第一群性情温和些。他们告诉他，从斯瓦特堡山往北走二十天，会发现一个叫作达姆洛夸的部族，黄褐色皮肤、长毛、身穿亚麻衣服。还告诉他，达姆洛夸的头人在不久前曾遭到背叛，他的随从感到无所事事，十分忧郁，逃亡到本具陈人第一次遇到并在那里逗留过的纳马夸部族去了。他们还告诉他得谨慎行事，时刻关注自身的安全。

其他有关大纳马夸的情况还有，他们人丁兴旺，由于草原茂盛,溪流遍布,盛产上乘的牛羊。至于他们的茅屋、生活方式、食物、衣着和武器,与其他霍屯督人相比没有什么不同,只是身上披豺狼皮而不是披羊皮,身上不涂抹脂肪。他们还喜欢珠子,但最最喜爱的还是黄铜制品。

再者,在大纳马夸有大量的狮子和犀牛,还有一种我们还不了解的动物,它们不像大象那样笨重,可是却高得多。本具陈人揣测,根据它的长脖子,拱起的脊背和细长的腿来看,这种动物如果不是真的骆驼,至少也是骆驼的一种。这些动物行动迟缓,步态笨拙。本具陈人有一次去追逐它们,轻而易举地就赶上并开枪射杀了两只,都是雌性。其中一只还带着幼畜。给幼畜喂水和麦麸,可是由于缺乏奶水和合适的食物,它大约只活了十四天。本具陈人带回了它的皮。从这张幼畜的皮,很难想象出成年动物的外貌。小兽身上有斑点,背脊不拱起,而成兽身上无斑点,背脊拱起很高。据大纳马夸人说,这种动物的肉,特别是幼畜的肉格外鲜美。

本具陈人提到过在大纳马夸地区发现大量茂密的树林,这些树林里的木头呈深红色,十分珍奇,树枝上繁茂地长满大大的三叶草形的树叶,开黄色的花朵。除探查了几处未知的铜矿山之外,在离格雷特河大约四天旅程的地方,偶然发现一座山上遍布着一种闪闪发光的黄色矿石,敲下了一些将其带回。

本具陈人估算从前面提及的位于匹凯特堡的农场出发,向内陆一路纵深行进了实足五十四天。在这期间仅猎杀了两头大象,但多次发现过象群的行踪。返回时,他的仆人们背弃了他。他沿原路返回的途中没有受到纳马夸人的骚扰,也没有与在五年前迁徙渡过考斯河的小纳马夸部族相遇。

1706 年 11 月 18 日在好望角总督府向行政秘书处具陈。

X

具陈人做此陈述时本人在场。

参议员、秘书 O. M. 伯格

证人:L. 伦德和 P. L. 勒·休厄